魔武士

④

新的魔族

蓝晶 著

南海出版公司

2005·海口

图书在版编目（CIP）数据

魔武士. 4, 新的魔族／蓝晶著. - 海口：南海出版公司，
2005.7

（英特颂玄幻系列）

ISBN 7-5442-3156-9

Ⅰ. 魔... Ⅱ. 蓝... Ⅲ. 长篇小说 - 中国 - 当代
Ⅳ. I 247.5

中国版本图书馆CIP数据核字（2005）第060641号

MO WU SHI   XIN DE MO ZU

魔 武 士 4 新 的 魔 族

作　　者　蓝　晶
责任编辑　杨　雯
特约编辑　刘　婧
装帧设计　朱　懿
出版发行　南海出版公司　电话（0898）65350227
社　　址　海口市蓝天路友利园大厦B座3楼　邮编 570203
电子信箱　nhcbgs@0898.net
经　　销　上海英特颂图书有限公司
印　　刷　江阴市机关印刷服务有限公司
开　　本　850×1168毫米 1/32
印　　张　7.75
字　　数　166千字
版　　次　2005年7月第1版　2005年7月第1次印刷
书　　号　ISBN 7-5442-3156-9
定　　价　18.00元

目 录

 1 **系密特的新衣**

詹姆斯七世执政以来最大规模的一次搜捕行动，将拜尔克市民的不安和惶恐推到了最高峰。

整整持续了一个星期的预审，已判定七百多位贵族犯有不可饶恕的重罪，听政书和记录报告如果完全铺开来，甚至能够贯通整座拜尔克城。

这一次被判处有罪的虽然大多是下层贵族，不过上面那些大人物之中也有所波及，而刚刚下台的亨利侯爵被认定是这起事件的主谋。

此刻，他已被认定是万恶之源。

不仅仅是这起事件，当初他煽动市民挤兑国债的恶行，也一起被揭露出来。

正因为如此，在挤兑风潮中损失惨重的拜尔克居民，纷纷走上街头，他们高声喊叫着，要求给予原财务大臣最为严厉的惩罚。

事实上，几乎每一个市民都会带来一两根干柴，显然他们非常希望能够替国王陛下减少一些麻烦。

这些干柴被高高地堆积在各部门的门口，法政署、警务部、最高法庭的门前，干柴更是堆积如山。

光明广场长老院内，站在行政厅顶楼办公室窗前的两位大人物，此刻正悠闲地手捧着茶杯，趴在窗台之上看着外面的景色。

"依维，看来今年冬天我用不着再拨出专款，为你们购买干柴了，这些足够你们度过整个冬季。"新任财务大臣微笑着说道。

"我不得不承认，雪夫特，你是个天才。"国王陛下最为信赖的宠臣微笑着说道。

"这根本算不了什么，与其让市民们生活在恐惧与彷徨之中，还不如将他们的恐惧化为怒火。适当的发泄，对他们来说很有好处，同样对我们也有莫大好处。"

"你认为此刻还有谁会站出来维护老亨利？"

"即便有这样愚蠢的家伙，我们只要稍稍透露一下那个人的名字，第二天早晨，他家的宅邸便会被埋没在干柴堆里。"塔特尼斯伯爵悠然说道。

"说得不错。事实上，据我所知，老亨利当年的盟友，此刻全都对他落井下石了，议长的办公桌上面堆满了严惩老亨利的请求。"法恩纳利伯爵说道。

"那是当然，在尸体还没有腐烂并且沾染更多人之前，挖个坑将它埋掉是最基本的常识。

"不过我更关心的是，老亨利是否已吐露出他在军队中盟友的名字？"系密特的哥哥问道。这是他最为关心的一件事情。

"不，你我都无法相信，那个家伙居然口风很紧，就连法政署的刑讯专家也拿他没办法。"法恩纳利伯爵叹息了一声，说道。

新的魔族

"我相信，老亨利已经知道自己没有活下去的可能，他恐怕一心梦想着他的盟友能够替他报仇。"系密特的哥哥说道。

"你是否有办法将老亨利隐藏在幕后的盟友揪出来？"法恩纳利伯爵问道。

"有个办法或许可以试试。议长的办公桌上面，不是放着很多要求对老亨利进行严惩的请求书吗？塞根特元帅的办公桌上面应该也有一样的东西。"系密特的哥哥微笑着说道，"我相信是如此。"

法恩纳利伯爵自然领会盟友的意思，他点了点头说道："只要你认为有，那么肯定就有。"

"军部的请求自然是以各兵团的名义递交上去的，让老亨利看一眼那些请求报告，我想并不是一件坏事。"塔特尼斯伯爵悠然说道。

"好主意，老亨利一旦看到自己盟友的名字在请求书上面定会怒不可遏，肯定会将盟友的名字吐露出来。"法恩纳利伯爵立刻兴奋地说道。

"噢，依维，显然你对于人的劣根性仍没有太多的了解。老亨利是否会因此开口，将取决于他对你、我和陛下的仇恨是否超过对盟友背叛行为的痛恨。

"如果他更希望盟友有朝一日能够给我们制造麻烦，他仍然会对那个人的名字守口如瓶。不过，我相信，老亨利看到那个人的名字出现在请求书上的一刹那，肯定会有所反应，特别是当四下无人的时候，他的反应无疑会更为强烈。

"依维，你的智慧丝毫不亚于我，此刻你肯定已有所计划了。"塔特尼斯伯爵微笑着说道。

两位大人物站在窗台前相视而笑，此刻他们的笑容显得非

常愉快。

4

与此同时，站在国王面前的系密特却丝毫高兴不起来。

国王陛下虽然当众嘉奖了他，但是当旁边没有任何人的时候，这位至尊陛下的神情却凝重、深沉得可怕。

"你让我有些失望。"陛下用异常低沉的语调说道。

"我派你随侍在兰妮身旁，是为了让你保护她，但是她最终仍受到了伤害。"陛下突然间抬高了嗓门说道。

如同怒吼的声音在空旷的办公室里回荡着。

"告诉我，为什么当时你不阻止住兰妮进行愚蠢的冒险?"陛下问道。

"这……这是伦涅丝小姐的命令。"系密特连忙解释道。

"难道兰妮的命令比我的旨意更加有效?!"詹姆斯七世再一次吼道。

接着，他稍稍沉默了一会儿之后，知道自己有些过分，招了招手，让系密特走到他的跟前。

"或许让你去执行这个使命，是我所做过最错误的一个决定。你虽然创造了很多奇迹，不过你的年纪还是太小。你拥有超过常人的智慧，不过你非常缺乏阅历。在这件事情上，你和依维差不了多少。

"刚才，我已对你的功劳做出了奖赏，现在我要对你的过错进行处罚。

"此刻只有你、我和兰妮本人，知道她为这件事付出了什么代价，她受到非常严重的伤害，甚至对自己和一切失去了信心……

"我从来没看到过她如此柔弱无助，我相信她不能够再受到

任何伤害。此刻，她的心恐怕已脆弱得像是玻璃，一碰就会粉碎。

"我命令你，更为精心地保护她、服侍她。当然，如果她再一次做出冒险的举动，你必须立刻阻止她。

"这道旨意永远有效，即便我死去之后，你也必须遵循这道旨意。正因为如此，我需要你为此而发誓。"国王陛下轻轻用权杖敲了敲系密特的左腿。

系密特顺从地屈膝半跪了下来，并将双手搭在国王陛下的左手上，郑重其事地说道："我发誓。"

年迈的国王露出了一丝淡然的微笑，他将权杖轻轻地放在系密特的肩膀之上："好，从现在起，我就任命你为伦涅丝·法恩纳利小姐的贴身护卫骑士，你必须付出一切守护她的安全，哪怕是你的生命。

"你必须忠诚并且听命于她，不过你得学会判断，什么样的命令才应该执行。"

至尊的陛下让系密特重新站起来，轻轻拍了拍他的脸颊："好吧！你可以回到你的女主人那里去了。"

系密特连忙鞠躬行礼，并且缓缓朝着门口退去，但是当他刚刚转过身来，打算打开房门出去的时候，陛下再一次叫住了他。

"系密特，你确信，除了那个曾经令兰妮痛不欲生的女人之外，所有参加黑弥撒的人都已经进了地狱？"詹姆斯七世问道。

"陛下，我绝对能够保证。"系密特连忙回答道。

"那个伤害了兰妮的家伙也在里面？噢，不，不，这显然是毫无疑问的……

"除了我和你，是否还有其他人了解整个内幕？或者能够拼凑出当时所发生的糟糕至极的一幕?"至尊的陛下满怀忧虑地问道。

"陛下,知道祭坛上发生过什么的人,除了那个女人,就只有审问她的官员。不过,无论是那个女人,还是那些审讯官,都不知道伦涅丝小姐的身份。他们只是猜测她是个大人物。

"同样,渥德子爵和他的别墅里面的住客,也不知道伦涅丝小姐的身份。

"我惟一不敢肯定的是,'国务咨询会'之中是否有人知道,伦涅丝小姐在这件事情中所扮演的角色。"系密特小心翼翼地回答。

"这倒是用不着担心,没有人知道这件事情,我甚至没有对王后提起,更别说是其他人。同样我也要警告你,这件事情没有必要让密琪知道。"陛下说道。

"系密特,我要你去办一件事情,我非常清楚,兰妮打算如何处置那个令她痛不欲生的女人。女人的仇恨确实令人感到不可思议,或许在她们看来,到处是蟑螂和老鼠的监牢比死亡更加可怕。

"不过,那个女人的存在始终是一种威胁。你去将这件事情处理干净,不要让任何人知道,特别是兰妮。"

说到这里,国王陛下神情凝重地看着系密特。过了好一会儿,才缓缓说道:"从现在开始,你应该好好学习和思索一下忠诚的真正含意,惟命是从可绝对不是正确的态度。我相信通过这件事情,你对此已经有所了解。"

说完这些,那位至尊的陛下轻轻地挥了挥手。

从陛下的会议室出来,系密特长长地吐了口气。此刻,他不得不佩服那位小姐的高明。

在系密特想来，伦涅丝小姐因为受到玷污，原本应该彻底丧失国王陛下的宠爱，没想到，她反而得到了更多的呵护和温情。伦涅丝小姐所做的一切，在系密特看来，毫无疑问是一场后果难以预料的赌博。

事实也证明，那位至尊的陛下并非没有常人的嫉妒心。第二天，他命令那些大理石面孔女仆，对伦涅丝小姐进行彻底的"清洗"。在系密特眼里，这简直就是某种严酷的刑罚。

不过对外人来说，什么都没有发生过。

正因为如此，系密特始终无从猜测，那位至尊的陛下是出于什么样的心态，让自己旁观了那一幕。

难道是一种警告？

从奥墨海宫出来，系密特登上自己的马车，这是国王陛下赐予他的恩典。这次的功劳全都归到了他一个人身上，因此，系密特成为了丹摩尔王朝有史以来年纪最小的勋爵。

不过在所有人看来，真正的恩典或许是陛下亲自赐予的纹章，那是一面玫瑰花瓣形状的盾牌，盾牌的四周缠绕着荆棘和月桂。

这枚纹章，令系密特的哥哥羡慕了整整两个晚上，如果有可能的话，他甚至愿意用自己的伯爵头衔来换取那枚纹章。

要知道，任何和玫瑰有关的纹章，全都只能由国王陛下亲自赐予，在丹摩尔帝国，这被看做是和王室亲密的象征。就像法恩纳利伯爵的纹章便是一只天鹅和三片玫瑰花瓣，而这已经是难得的恩典。

反倒是系密特并不在意这件事情。他更关心的是他的马车，他设计了一辆非常奇特的马车——这种对马车的特殊喜好以及设计灵感，都来自于那位乐天而擅长吹牛的教父——这是一辆

前后能够分拆开的马车，既可以当做是一辆四轮厢式马车，也可以当做是一辆两轮轻便旅行马车。

　　而此刻，系密特正独自一人驾驶着自己的马车，朝着首都拜尔克飞驰而去，这辆异常轻快的马车宛如一阵风般轻盈。

　　一路上，系密特自然免不了要接受盘查，不过这辆隐藏不住任何东西的马车，替他和那些检查的卫兵省了许多麻烦。

　　从奥墨海宫到拜尔克城，他仅仅只用了一刻钟，这是其他任何一辆马车都不可能达到的神速。

　　毕竟没有哪辆轻便旅行马车，能够由丹摩尔国最高明的工程师精心地进行设计，单单计算公式就写了六页纸；也不会有第二辆马车，能够装上那么多弹簧和铰链；所有的骨架，全都是由鹅毛管粗细的钢筋搭接而成，只是在外面包裹着木头；很大的车轮，车身和坐位却非常小；这辆轻便旅行马车，甚至不像它的同类那样，安装一个气派而又狭长的顶篷。所有这一切，全都只为了一件事情——速度。

　　系密特喜欢风驰电掣一般的飞驰，而他所拥有的圣堂武士超绝灵敏的反应，更是令他成为了一个无与伦比的驾驭者。

　　正因为如此，从奥墨海宫到拜尔克城的这短短路程，根本就无法令他感到满足。

　　长长的走廊散发着一股腐臭的味道，地面和墙壁显得异常潮湿，走在前面的狱卒虽然高举着马灯，周围仍旧显得幽暗阴森。阵阵回荡的脚步声异常清晰，令这个地方增添了一股阴森的感觉。

　　马灯的灯光显然惊动了住在这里的居民，从拇指粗的铁栏杆后面，伸出了一条条细瘦肮脏、令人毛骨悚然的手臂。这些

手臂根本只能称得上是包裹着皮肤的骨头，不过更为恐怖的，还是那一张张发出嘶哑惨号的脸。

以往，系密特一直相信，只有在噩梦和地狱中，才能看到这样的景象。

除了这些看上去不像是人的囚犯之外，这里还有窜来窜去的硕大老鼠，和爬在墙壁上时而飞落到众人头上的蟑螂。

就连监狱守卫也露出无比厌恶的神情。显然，这个地方和真正的地狱没有什么不同。

在长廊的尽头有一排特别窄小的房间，这些房间几乎全都空着，只有一间里面住着人，那正是系密特此行的目的。

令系密特感到惊讶的是，康斯坦伯爵夫人并没有像其他人那样令人惨不忍睹，她虽然憔悴，却没有显露出饥饿难忍的模样，身上也是干干净净的。

不过，当系密特看到监狱守卫那流露着贪婪而又充满欲望的眼神，已经猜到了这到底是为什么。

"我有些事情想要单独审问康斯坦夫人。"系密特说道。

监狱守卫连忙将马灯挂在墙壁上，然后顺从地沿着原路返回。

"我必须对你说，我很抱歉。"系密特叹了口气，说道。

这位年轻漂亮的寡妇愤怒而又怨毒的目光令系密特感到有些难以忍受。她的双手和双脚全都被锁死，显然这是为了让她不能书写东西。她的舌头也已被割掉。

稍微犹豫了一下，系密特从袖管里面轻轻地抽出了一把又窄又薄的弯刀。

这并非是他喜欢的工作，不过，又不得不完成这份工作。

轻轻地一划，如同闪电一般迅疾，又犹如一阵清风般悄无

声息。

　　将弯刀迅速收回袖管里面，系密特转过身，径直朝着门口走去。

　　从那座如同地狱般的死囚监狱出来，系密特稍微松了一口气。

　　不过，当他看到监狱门口停着一辆马车，马车窗口露出两张他熟悉的面孔时，系密特突然间又有些紧张起来。

　　系密特相信，教宗陛下和大长老不会没事找事到这个地方来，他们突然出现在这里，肯定是因为他的缘故。

　　"到马车上来吧，我们有事要和你谈谈。"教宗陛下随手打开了车门。

　　马车缓缓地驶动起来，后面挂着系密特的那辆马车。

　　"我知道，我有很多事情应该忏悔。"系密特连忙说道，不过还未说完就被打断了。

　　"放心好了，我们并不是来问你最近到底做过些什么，我们不想知道，也不需要知道，世俗之中的任何事情，我们都不想多管。

　　"正因为如此，我禁止任何人去探究在那座祭坛之上到底发生过了什么。我和大长老陛下来找你，是因为有更加重要的事情。

　　"我们已从国王陛下那里听说了你曾经做出的猜测。你并没有向我们提到过那个猜测，不过，那却和波索鲁大魔法师最近意外发现的一件事相当吻合。这引起了我们无比的忧虑，事实上我们非常担忧，魔族的第二次进攻即将开始。

　　"那将是一场激烈到难以想像的战斗，或许，我们将再也没

有什么优势。"教宗陛下满怀忧虑地说道。

这番话令系密特感到揪心的同时，又稍稍有些放松。

事实上，和魔族入侵比起来，他更担心教宗和大长老因为他刚才的行为而给予他严厉的惩罚。

"两位陛下，是否希望具体听听我的猜测？"系密特小心翼翼地问道。

"不，猜测已经不重要，真正重要的是应对之策。"大长老回答道。

"应对之策？"系密特疑惑不解地问道。

"是的，如果魔族中出现了强大而又可怕的新兵种，我们必须找到一种全新的力量，以便重新获得优势。"教宗缓缓说道，"因此，我们打算想尽办法增强你的力量。

"适合你的铠甲，波索鲁大魔法师已替你打造完成；而大长老陛下已联合圣殿中所有的七位长老，给予你指点。

"让你在摸索中逐渐找到适合自己的最佳力量，显然已不是一个合适的选择。我们只能在最短的时间里找到一种折中的办法。这虽然有些揠苗助长，不过现在只有这一种选择。"

听完这些，系密特已从担忧变为喜悦，事实上，他一直期待着自己能够真正施展魔法。

系密特原本以为会在魔法协会见到波索鲁大师，但是令他意外的是，这位大魔法师竟然一直待在圣殿之中。

系密特不知道这是哪一座圣殿，因为从外表看起来，这真是一座最不起眼的圣殿。其他圣殿即便不是气势恢弘，也至少占地宽广，但是这里却只占据了四分之一街区，能武士和力武士的训练场甚至混杂在一起，更看不到长长的走廊和正中央的

林阴大道。

圣殿的门口没有显眼的标志，不知情的人，肯定会以为这只是一座普普通通的公寓。

走进这座圣殿，里面的一切却令系密特不由自主地发出了一声惊叹。这座圣殿仿佛是一座巨大的魔法阵，仅仅只是在这里走动，系密特都感到力量正源源不断地流淌全身。

能够待在这里的，显然全都是圣堂武士之中的佼佼者。这些圣堂武士已不再需要过多技巧方面的训练，那空旷宽广的训练场显得毫无必要。正因为如此，用来进行身体训练的地方非常狭小。

波索鲁大魔法师的实验室仍然在二楼，不过他显然没有将整个实验室全都搬到这里，只有一些简单的工具和一张巨大的木桌，上面放着一件样子非常奇特的东西。

这东西像是一团烂泥，只不过拥有五颜六色的色彩，上面还镶嵌着一粒粒金色的圆球，不知道是用什么金属打造而成，异常光洁明亮。

令系密特感到惊奇的是，这团烂泥简直就像是活的一般，不停地翻卷着，变幻着颜色。

"难道这就是我的铠甲？"系密特难以置信地看着这堆黏糊糊的东西。

"是的，虽然它看上去不像是铠甲的模样。"旁边的波索鲁大魔法师微笑着说道。

他早已猜到系密特会这样说。事实上，当教宗和大长老看到这件东西时，同样有些惊奇。

"当初在蒙森特，我所看到的隐形魔法并不是这样的，而且，您给我的那份羊皮卷上记载的隐形魔法也并非如此。难道

这金属圆球中，刻有令我隐藏身形的神奇魔法?"系密特忍不住问道。

"系密特，在我告诉你原因之前，首先要让你明白隐形魔法的根本原理。

"所谓隐形，只不过是一种欺骗眼睛，令它难以察觉的方法而已。猎人在身上堆满树叶同样也是一种隐形，只不过魔法师能够采用的手法更多，也更为高妙。

"其中的一种办法，是令光线通过折射和反射从身边绕开。"说着，大魔法师指了指窗台上的一杯水。

只见他用手比划了几下，杯子里面的水自动满溢出来，并且神奇地将杯子包裹住，随着一阵神秘莫测的咒语吟诵，杯子连同包裹住它的水，同时消失得无影无踪。

"这是第一种方法。当然也有一种变通的方法，便是用另外一幅景象取代原来的样子。"说着，他又念诵了另外一个咒语。

只见窗台上，突然间出现了这座圣殿缩小的模样。

"这就是当初亚理大魔法师所使用的方法。正是因为这个方法，反而局限了我的思想，我送给你的那卷羊皮纸上面所采取的方法，与此相似。

"但麻烦的是，我实在无法找到能够让你穿在身上，又能够令光线折射的材料，来替你打造铠甲。"

说着，他指了指墙角。

那里放置着一堆亮晶晶的垃圾，显然全都是失败的作品。

"我曾经想过用水来做试验，就像亚理大魔法师所做的那样。但是，亚理大魔法师依靠两位弟子的帮助才获得成功，我却想不出有什么办法，能够让你一个人便做到这一点。

"摸索这条死胡同浪费了我许多时间，而我也发觉已没有时间让我慢慢摸索。我只能退而求其次，找一条简单却并不是那样完美的捷径。

"事实上，还有第二种隐形的方式。不会魔法的猎人和大自然之中的很多生物，都是这方面的能手，那便是伪装自己，令自己和四周的东西一模一样。这种隐形并不完美，却十分方便。

"改变形状和颜色，模拟四周的环境，这显然要容易许多。而大自然中拥有这种奇特力量的生物大多数都是软绵绵的，就像章鱼和变色龙，绝对适合让你披在身上。"大魔法师不负责任地说道。

当系密特想到身上披着一只滑溜溜、黏糊糊的章鱼时，身上的寒毛都纷纷竖了起来，而那如同烂泥一般的东西更是令他不敢恭维。

"看看，我为你找来了什么！非常幸运，魔法协会居然有这个——经过改良的变生虫，也不知道是什么年代，哪位魔法师的杰作，这让我省了许多工作。"波索鲁大魔法师赞叹道。

而系密特则在心底将那个家伙骂了个狗血淋头。

"它们是珊瑚的远亲，细小的个体几乎微不可见，它们能够稍稍改变形状，虽然还是有限。"说着，波索鲁大魔法师将手放在这团黏糊糊的东西上面。

只见这团东西突然突出一块，令人不可思议的是，突出的部分渐渐变形，最终变成了一张和波索鲁大魔法师面孔一模一样的人脸。

"很有趣吧？自然界的野生变生虫，总是喜欢待在极深的地下。传说中矿工们经常看到的恶魔的脸和没有身体只有脑袋的妖怪，十有八九是这个小东西在作怪。

"变生虫改变形状的能力有限，不过变化各种颜色却最为拿

手。”说着，波索鲁大魔法师让这团古怪的东西变成了彩虹一般的样子。

“你来试试，非常有趣。”大魔法师说道。

显然，系密特没有丝毫兴趣，他当年一心想成为魔法师的梦想开始产生动摇。

或许，魔法师和圣堂武士一样，都不像他想像之中那样有趣，后者孤独而没有自由，前者古怪，而且显然性格扭曲。

“噢，用不着担心，这东西并不可怕，而且我保证，它绝对不会令你感到不舒服。事实上，它摸上去就像人的皮肤，如果用微缩的视野进行观察，组成它的每一个微小个体和组成你身体的细胞非常相似。”

波索鲁大魔法师越发说得起劲，而系密特也越发感到反胃。只要一想到自己和这烂泥一般的东西拥有同样的组成部分，他便感到有些毛骨悚然。

“这些金色的圆球是怎么回事？”系密特连忙问道，用这种方式来岔开话题。

“这些是传递精神意识的装置，同样也是控制变生虫的关键。这些金属圆球会令你轻松地模拟四周的环境和形态，你只需要想好自己要变成什么样子。”波索鲁大魔法师有些兴奋地说道。显然，这才是他的杰作。

“那么，这东西吃什么？”系密特又问道。

“这些改良过的变生虫是没有生命的，正因为如此，它们才能被完全控制住，就像有些魔法师能够控制尸体一样。”波索鲁大魔法师的话再一次令系密特感到恶心。

“那么，如何才能躲过魔族的那些眼睛呢？”系密特问道。

“这同样也是我选择变生虫的原因。

"变生虫生活在地底，那里没有太阳，它们只能去吸收地底的热量。这些金属圆球，同样也被赋予了控制热量的能力。它们能够让你和四周的一切显得一模一样，无论是外表、颜色还是温度，都没有丝毫不同。

"当然，你也可以将它当做是一件独特的棉袄，至少我不会反对你这样做。"波索鲁魔法师微笑着说道。

系密特实在找不出更多的问题，只得硬着头皮将这奇怪的东西穿在身上。

事实上，这是他所见到过最奇怪的衣服，同样也有着最为奇怪的穿着方法。

他只要将这东西放在头顶上，它便会顺着他的身体自动流淌，并且紧贴皮肤。

正如波索鲁大魔法师所说的那样，这东西感觉起来确实像是另外一层皮肤，既没有滑腻腻的感觉，也没有黏糊糊的感觉。

整整一个下午，系密特都跟随大魔法师学习如何控制这奇怪无比的衣服。说实在的，熟悉了那种感觉之后，系密特也就不再感到恶心和反胃了，至少那些亮晶晶的金属珠子让他感到非常不错。

另外一个不错的地方，便是这件奇怪的衣服要比他原来学习的那些魔法容易控制得多。

不过有所得，必然有所失。

系密特怎么都不觉得自己所模拟的东西和周围的环境天衣无缝，即便外形变得再繁复和夸张，他仍然能够看到自己的轮廓和样子，更何况，还有阳光照耀下的阴影，无论如何都是一个破绽。

　　如果说，这件奇怪的衣服有什么能够让他感兴趣的地方，那便是他可以轻而易举地变成另外一个人的模样。

　　这东西模仿别的东西不是很像，用来改变面容倒是惟妙惟肖。

　　看着系密特渐渐有模有样地操纵这副奇特的铠甲，一旁站立着的教宗和大长老发出了会心的微笑。

　　"系密特，看起来你已经初步掌握了隐形的技巧。你是否愿意让我再一次接触你的记忆和精神意志？也许我能够找到解开并且释放你力量的钥匙。"大长老缓缓说道。

　　系密特微微犹豫了一下。

　　他有些疑虑。如果说以往的他算得上纯洁和正直的话，那么最近这段日子，他已被宫廷和上流交际圈这个巨大的染缸给污染了。

　　"或许你有些顾虑，我丝毫无意干涉你的生活，除非你的所作所为，直接危害到整个人类的安全。"大长老也没有太过坚持，只是淡然地说道。

　　"大长老陛下，我确实渴望得到您的指点。不过，我并不知道自己需要强大到怎样的程度，我的愿望只是能够战胜魔族，我从未曾打算能够和某位力武士大师一较高下。"系密特说道。

　　"系密特，你对国王陛下提到过你的猜测，虽然假借的是盖撒尔大师的名义。波索鲁大魔法师同样有所发现，这个发现恐怕已证实了你的猜测。"大长老说道。

　　"我正要提到这件事情呢。"波索鲁大魔法师说着，走到一个放满仪器和工具的矮柜旁边。

　　他随手打开矮柜，取出了一样东西，那是一枚晶莹剔透的水晶球。

波索鲁大魔法师将水晶球轻轻举到系密特的眼前，嘴里念念有词，只见水晶球上渐渐显露出朦胧的景象。

这是一片无垠的大森林，当水晶球里面的图像变得越来越清晰后，系密特已经认出，这正是他熟悉的奥尔麦森林。

此刻他就仿佛乘坐在飞鸟之上，俯视奥尔麦森林，从那高低起伏的树冠顶上轻盈掠过。系密特能够清清楚楚地看到躲藏在树丛中的鹭鸶，如果是在以往，这肯定能令他欣喜不已。

"系密特，你知道我能够操纵飞鸟，这是我所控制的一头鹧鹰，我一直用它来监视和搜寻魔族的营地。"波索鲁大魔法师在一旁解释道。

这时，系密特所有的注意力都集中在水晶球中映射出来的景象上。

突然他看到了以往最熟悉的小镇。

令他激动不已的是，他看到的一切都是那样平静，就仿佛魔族根本没有出现过。小镇上仍然能够看到来来往往的居民，只不过已经没有人砍伐木头而已。

"我也感到非常惊奇，显然魔族并不打算杀死这些人。"波索鲁大魔法师笑了笑说道。

正说着，这头鹧鹰猛然间调转了飞行方向。

对于前方，系密特更是烂熟于心，那是他的家，他在那里度过了一生中最为快乐的岁月。

当鹧鹰即将飞到森林边缘的时候，系密特感到心头一紧，他非常担心会看到一片荒芜的废墟，更害怕看到满地的森森尸骨。

这只鹧鹰轻盈地掠过树冠，系密特看到了一片整整齐齐的坟墓，这番景象令他感到悲哀和忧伤。

那一堆堆坟冢里面埋葬的，全都是他所熟悉和喜爱的人，他们都是最好的邻居和尊长。系密特至今难以忘怀，每一次狩猎归来，和这些人围坐在篝火旁边的快乐情景。

一根根树立着的木桩代替了墓碑，惟一令系密特感到庆幸的是，他看到这些木桩上面挂着一个个用雏菊编织的白色花环。

鹞鹰无声无息地掠过一座座屋顶，在山坡底下，系密特愕然看到一些人的身影，其中几个显得有些熟悉。显然，他们便是劫后余生的幸运者。

不知不觉中，系密特感到自己的眼眶有些湿润，当他擦干眼泪，鹞鹰已再一次调转方向，朝着远处的一座高山飞去。

系密特认得这座高山，在那座玛兹神像底下，在那张宝座上面，在那激情荡漾的时刻，他的意识曾经到过这里，并且一头撞到了山崖上。

"我相信，魔族的营地应该就在这座山里，但是无论我怎么搜索，都找不到它的踪迹。"波索鲁大魔法师说道。他的语调充满了无奈。

"您是否搜索过那些洞穴？我曾经听汉摩伯爵提到过，这座山里有一个巨大的洞穴，或许您可以去询问一下我的姑夫和莫莱而伯爵，他们应该知道得更为清楚。"系密特说道。

"噢，洞穴！我为什么会忘记这件事情！不过，我相信这个洞穴的入口肯定极为隐秘，要不然，我的鹞鹰无论如何都应该能够找到，它已经飞行了几十次。"波索鲁大魔法师说道。

不过，系密特并没有注意这位大魔法师在说些什么，他的眼睛紧紧地盯着前方山腰上的几个靛蓝色的身影。

这些靛蓝色的身影是如此熟悉，全都在他的噩梦中出现过无数次。

正当系密特想要进一步仔细查看一番，突然间，那只鸥鹰猛地一歪，然后盘旋着往地面坠落下去。

在坠落的瞬间，系密特透过茂密的树丛看到了一个陌生的身影。那靛蓝色的身体证明它同样属于魔族，它远比系密特曾经看到过的任何一个魔族都显得更为高大，它的上半身庞大得有些畸形，令它身体的其他部位显得细瘦干枯。

虽然只是匆匆一瞥，不过系密特已能确定，这正是他一直担忧的有可能出现的新魔族。

"你已经看到了。虽然我们仍旧无法确定，这头魔族是用什么办法击中我们空中的眼睛，不过它无疑拥有着你所猜测的'发射箭矢'的能力。

"那发达得甚至显得畸形的上身，足以让我们确信，它所发射的箭矢将是多么致命。"大长老用低缓的语调说道，"如果数十根这样的箭矢同时射来，以你的武技是否能够支撑住？"

这番话令系密特忧心忡忡，因为他非常清楚，毫无疑问他会被那密集的箭矢钉成马蜂窝。

从小就背着箭弩，跟着大人们在森林里面狩猎的系密特清楚，当密集的箭矢强劲射击而来时是多么可怕。

"我需要更多的力量，我需要您的指点。"系密特毫不犹豫地说道。此刻他已然明白，没有什么比生命更为重要。

和第一次一样，大长老陛下将手掌贴在了系密特的头上。不过这一次，他的搜索要缓慢和仔细得多。

系密特也随着大长老的搜寻，重新回味他过往的经历。

突然间，他的记忆停顿在夏日祭庆典——那个充满忧郁与美妙的夜晚，停顿在宁静却又充满激情的酒吧之中，停顿在米琳小姐给予他的无比美妙和刺激的感觉之中。

新的魔族

　　这令系密特感到无比羞怯，事实上，他简直无地自容。

　　"怎么会这样?"大长老从所未有地惊呼起来。显然他看到了某种令他感到不可思议的东西。

 腐败之清除

站在屏风后面，将手里捧着的一套优美、华丽的衣服一件件递到伦涅丝小姐的手里，系密特总算发现，伦涅丝小姐所穿的这些衣服原来全都与众不同。

这些衣服和长裙有着一些隐密而又晦涩的小机关，而它们的作用无一不是为了取悦男人。

对于伦涅丝小姐来说，她所取悦的对象便是那位至尊的陛下，偶尔还有自己，当然必须极为小心谨慎。

事实上，系密特一直感到这非常糟糕。

他极为担忧事情败露，后果将难以预料。

不过不可否认，在提心吊胆的同时，他也有些沉溺于这种游戏的美妙，毕竟，他这个年纪的小孩对此充满了各种幻想和好奇。而伦涅丝小姐无疑比最为美妙的幻想更加美妙，她的美貌无与伦比，更精通所有的技巧。

他情不自禁地摸了摸裙子后侧那条能够自由开合的缝隙。

伦涅丝小姐的所有长裙上全都有这样的小机关，这些被钉在裙子内侧的纽扣显然是邀请的象征。

这是他以往一直没有注意到的小秘密。当然，伦涅丝小姐

穿着的其他衣物里面，也有另外许多小秘密，这是以往他从来不知道的，这些秘密全部被巧妙而又隐秘地掩盖了起来。

他之所以能够知道这一切，是因为现在由他服侍伦涅丝小姐更衣。

系密特实在无从猜测那位至尊的陛下到底是怎么想的。

虽然他被私下授予作为伦涅丝小姐的贴身骑士，不过这种贴身，也实在是太贴近了一些。

事实上，就连系密特自己都感到有些暧昧。

除此之外，他也完全弄不明白，那位大长老陛下打算干些什么？不过他也非常愿意接受那种奇特而又美妙的修炼方式。

"格琳丝侯爵夫人最近怎么样？"屏风后面的伦涅丝小姐问道。

"噢，她很好，只是最近有些繁忙，她打算过一段时间回英芙瑞去一次，不过她非常担心无法找到合适的假期。"系密特连忙回答道。

"如果我打算邀请英芙瑞的所有居民，你说，侯爵夫人是否能够同意？"伦涅丝小姐说道。

"如果这是陛下的意志，我相信没有人会反对。不过英芙瑞的居民大多数喜欢恬淡的生活，他们乐于享受安宁和平静。"系密特说道。

他自然非常清楚，这位小姐是出于什么样的理由，打算邀请英芙瑞的居民，因为他的哥哥塔特尼斯伯爵同样有过这样的念头。

"噢，别误会，我并不是为了接近格琳丝侯爵夫人。"伦涅丝小姐笑着说道。

系密特自然不会当真，虽然这位美艳动人的国王情妇此刻已和他亲密得几乎没有"间隙"。

"对了，你从波索鲁大魔法师那里得到了什么东西吗?"伦涅丝小姐问道。

这显然令系密特微微有些遗憾，因为他原本期待的隐形力量，并不是所得到的用伪装来遮蔽视线的技巧。

"那是一件能够让别人忽略我存在的衣服，它让我成为了传说里面生活在森林之中的仙灵。"系密特无奈地说道。

"呵呵，就是那种能够变成小兔、小鹿和树木花草的小东西。亲爱的小系密特，那可是最受女人欢迎的生灵。"伦涅丝小姐欢快地说道。

这位美艳绝伦的情妇从屏风后面转了出来。

此刻，她显得那样高贵典雅，不过系密特只要一想到那条长裙底下的风景，就怎么也无法对这位小姐产生以往的尊崇和敬畏。

"或许你该变给我看看，就变成一只兔子，我会把你抱在怀里，并且拿给王后和你的那位格琳丝侯爵夫人欣赏。"伦涅丝小姐兴致勃勃地说道。

系密特自然不能太过违拗这位国王的高贵情妇的要求，不过变成一只兔子他也做不到，如果不怕衣服被撑破的话，他倒是可以试着变成大象。

脑子里面想着花园中那些冬青树的模样，系密特让那件奇怪的衣服慢慢地覆盖自己全身。

一根根扭曲的枝条，从他的袖管、领口、裤脚——反正衣服的所有缝隙之中钻出来，这些枝条迅速展开一片片叶子。

不一会儿，系密特的全身上下都被这些枝条和叶片所覆盖，几乎没有留下一丝缝隙。

　　原来的衣服，包括那双靴子，已完全被一层墨绿色的如同树木表皮一般的东西所掩盖。远远看去，他确实像是一株冬青树，只不过主干稍微粗壮了一些。

　　"哈哈哈，这实在是太有趣了，我相信这绝对是那些魔法师们最有趣的想像之一。"伦涅丝小姐毫不留情地嘲笑道。显然她感到系密特的样子非常滑稽。

　　"我知道这并不完美，不过它也许真的能够让我躲过魔族的搜索。"系密特说道。

　　化身为一片绿色的他，伸出一根特殊的枝条，这根枝条的末端始终对准他自己，此刻正上下左右扫视着他的全身。

　　"你在干什么？这根触须非常有趣。"伦涅丝小姐微笑着问道。

　　"我只是在观察自己是否露出破绽。这件衣服拥有五个能够自由移动的眼睛，在我看来，这是惟一的优点。"系密特微微叹了口气说道。

　　"这些眼睛能够延伸多长？"伦涅丝小姐兴致勃勃地问道。

　　"它的极限是五米。不过，我从来没有尝试过伸到那么长。"系密特说道。

　　"那么以后，我无论是洗澡还是更换衣服，都必须格外小心，角落之中随时有可能存在偷窥的眼睛。"国王的情妇调笑着说道。

　　不过她显然因此而想起些什么："小系密特，你应该好好找寻一下，或许你能够用这件东西做很多事情，这可能是连创造了它的波索鲁大魔法师自己都未曾想到过的。

　　"就像轮子最初发明的时候，只是为了使制作陶器变得更为容易，但是最终却被用在了许多地方。让我来帮你找找，是否

能够派上其他用场。我是利用一切可以利用的东西的专家，你应该非常清楚这件事情。"美艳绝伦的情妇笑着说道。

"或许我得向你道歉，我必须去圣殿接受大长老的指点。"系密特连忙说道。

"是吗？前天你也曾经这样说过。不过，令我感到奇怪的是，大长老对于你的指点可能会让你精疲力竭，但是你却连生命的源泉都彻底干涸枯竭，这实在是不可思议。

"难道你的练习场是在床上，而你的对手是个美丽的女孩？"

伦涅丝小姐的这番嘲弄，令系密特哑口无言。他总不能说，大长老给予他的特殊指点，正是如伦涅丝小姐所说的那样。

看到系密特支支吾吾的样子，美丽绝伦的国王情妇笑着扭了扭他的耳朵，说道："好了，我的小家伙，为了对得起你叫我的那声称呼，我拥有许多的责任。

"你的要求将不会得到允许，等到会议结束之后，我将和陛下一起对你进行指点，或许王后和格琳丝侯爵夫人也一起参加。"

"这个……伦涅丝小姐，当初那只是一个游戏，更何况现在情况已有所变化，难道你不觉得非常尴尬？事实上，这令我拥有很重的罪恶感。"系密特微微皱着眉头说道。

"噢，你又破坏了约定，这一次我不能够加以原谅。从现在起，你每一分钟要叫我一声，直到这成为你永远无法忘记的习惯。"

伦涅丝小姐调笑着说道，她用力地掐着系密特的脸颊。

此刻在那座圣殿之中，波索鲁大魔法师的实验室里面，三位睿智而又超脱的大人物正围成一圈坐在一起。

在他们正中央的藤质茶几上，放置着一件晶莹剔透如同玻璃、轻柔绵软仿佛绢绸的衣服。

"我实在不太明白，既然你制作出这件东西，为什么不将它交给系密特，而给他那个不完美的作品？"大长老问道。

"我的老朋友，这是我向波索鲁提出的请求。"旁边的教宗陛下叹了口气，说道。

大长老自然立刻明白了其中的原因，显然教宗陛下并不希望圣堂成为那些掌握着世俗权势者眼里的可怕威胁。

"大长老，这同样也是我自己的选择。我手里的这件铠甲，或许在隐藏身形方面拥有更多的优势，不过，它的代价却是，除了魔法师和系密特这样极为特别的例外，没有其他人能够使用。

"但是，利用变生虫的特性，圣堂武士同样也能够隐藏身形，至少对于大师们来说不会有太大问题。"波索鲁大魔法师缓缓说道。

无论是教宗陛下，还是大长老，都缓缓地点了点头。

显然他们也非常同意，此时此刻，人类实在太需要拥有新的力量——能够制衡魔族那从来没有见过的全新兵种的力量。

"我感到有些难以置信，亲爱的大长老，你教给系密特的那种修炼方式，是否真的能够提升他的力量？

"说实在的，我倒是非常相信，那个小家伙对于这种修炼将显示出异常勤奋的劲头。"波索鲁大魔法师说道。他的嘴角露出一丝微笑。

"虽然有些不可思议，不过我非常怀疑，这或许是我们从来未曾探索过的新领域，有关力量和生命奥秘的全新课题。

"有件事情说起来非常惭愧，我和几位长老事实上是将系密

特当做实验用的小白鼠。系密特的情况让我们感到，也许圣堂武士的力量在完全成形之后，仍旧能够有所改变，受到锻造的精神力，能够直接转化为肉体的力量。

"虽然力量增强不了多少，不过有所增强总比什么都没有要好，而且精神锻造相对来说也要简单和迅速得多。"大长老缓缓说道。

"这倒是一种既愉快又有效的修炼方法，我猜想，这将很快在圣殿之中流行起来，或许还将有助于增加圣堂武士的数量。"波索鲁大魔法师微笑着说道。

"这也许不可能，因为这样的修炼方法和圣堂武士数千年来的传统不相符合。圣堂武士的力量来源于自我约束。对于我们来说，力量并非是关键，真正的关键是对于力量的认知和控制。

"不管怎么说，只要是有助于对付魔族的方法，我们全都应该尝试。我非常担忧，魔族在不久之后将再次发起大规模的进攻。"一直沉默不语的教宗陛下满怀忧愁地说道。

"我的'眼睛'无法穿透那座山，虽然已经知道了洞穴的位置，但是那里的守卫非常森严。"波索鲁大魔法师紧紧地皱起了眉头，这令他脸上的皱纹显得更深更多。

"你是否有所发现？"大长老问道。

"我必须说，对于未来我并不感到乐观，但愿我的猜测是完全错误的。

"在我看来，这种从来没有看到过的新魔族，并非像诅咒巫师和飞行恶鬼那样珍稀和宝贵，它们更接近于普通的魔族士兵。"波索鲁大魔法师缓缓说道。

这座并不宽敞的实验室里面，回荡着三声沉重的叹息。

新的魔族

在宽敞而又简洁的会议室里面，至尊的陛下板着脸，坐在长长的会议桌一端，长桌的两边坐满了他最为亲信的人。

"你们已经看过了法恩纳利伯爵的报告，对于他的这份报告，你们有什么看法？"陛下问道。

"法恩纳利伯爵的报告上面实在有太多的猜测。我非常担忧，这些猜测是否能够被用来作为裁决的理由。"右侧最末尾那位有些上了年纪的大臣说道。他戴着华贵的银色假发套，身上却穿得极为朴实。

"安格鲁侯爵，在我看来，虽然法恩纳利伯爵在报告中声明，所有这一切都不过是猜测，但这些猜测毫无疑问都有着足够的依据。"道格侯爵猛地站了起来说道。

"更何况，前线的情况我们已经有所知晓。如果现在不采取断然的措施，我非常担心，再这样下去局势将变得不可收拾。

"前线的将领之中，有些家伙已经堕落成为疯狗，只要看到有人得势，便狂吼猛咬，根本不管那个人是否正直和对国家忠诚。

"同样地，他们只要看到有人失势，便立刻猛抛媚眼，千方百计结成盟友，根本不顾那些人是否曾经是他们的仇敌，是否做过令世人唾骂的勾当。"

安格鲁侯爵原本还想反驳，不过他偷眼看到国王陛下连连点头、深以为然的情景，立刻乖乖地闭上了嘴巴。

"北方诸郡的将领之中，那些腐化堕落的家伙脑子里面想的东西，早已昭然若揭。

"以往，我还能够克制自己的怒火，对他们加以宽容。但是这一次，他们和亨利侯爵做得太过火了，如果我仍对此保持沉默，丹摩尔王朝或许不至于灭亡在魔族手里，却很有可能被他

们所摧毁！"说到这里，显得越来越愤怒的陛下猛力击打长桌。

面对着雷霆万钧一般的愤怒，没有人发出丝毫声息，这里的每一个人都害怕致命的雷霆会落到自己头上。

"当然我非常清楚，此时此刻彻查那些腐败堕落到了极点的家伙，将会引起多么巨大的动乱。

"而且，随着天气一天比一天炎热起来，北部森林里面的那些魔族，发起又一波攻击的可能性变得越来越大，唉——"

至尊的陛下重重地叹了一口气，显然，他非常清楚此刻所面临的最大难题。

会议室中仍旧是一片沉默。

坐在这里的这些人，并非真的脑子里空空如也，只不过顾虑到在还没有完全弄明白国王陛下的想法之前，万一提出的方案和陛下的想法背道而驰，显然是最糟糕的一件事情。

坐在这里的每一个人都非常清楚，他们的所有权势和影响，全都来自国王陛下的信任，一旦失去了这种信任，他们将变得一无所有。

"道格侯爵，你的眼光一直令我信服，能够侦破那件黑弥撒的案子完全依赖于你的情报。我非常想听听你的意见。"

陛下首先打破了沉默。他决定稍微施加一点压力的办法，让众人吐露心里的想法。

"陛下，我必须承认，这件事情非常棘手。

"事实上，我们所面临的仿佛是一堵即将倒塌的围墙，它千疮百孔，而且根基已松动。

"我们想要重新修造一堵围墙，但是又害怕在修造另一堵围墙的时候，因为施工所引起的震动，令这堵腐朽的围墙提前倒塌，可能会砸死很多人。

"如果是在以往，我们可以干脆推倒这堵岌岌可危的围墙，只要小心谨慎就不至于惹上麻烦。

"但是此刻，围墙的外面却偏偏聚集着无数贪婪而又凶悍的恶狼，这简直令人束手无策。"道格侯爵无奈地抓了抓头，说道。

"你认为有什么办法，能够令危害变得最小?"詹姆斯七世忧心忡忡地问道。显然他同样知道，情况糟糕到无以复加的地步。

"我的看法，或许无法令陛下感到满意。

"如今，与其推倒这堵围墙，还不如设法将其补救加固，让这道围墙支撑尽可能长的时间。

"不过，我们同样也应该在这道围墙外侧较远的地方，修筑第二道围墙。"道格侯爵说道。

"这恐怕未必是解决的办法。道格侯爵，您是否能够保证建造起来的第二道围墙，就是坚固和稳定的?

"在我看来，在这片土地上，已经没有能够修筑稳固围墙的泥土，所有的泥土都充满了沙砾，岩石的质地更是松散得几乎一碰就碎。"旁边一位年纪较轻的七人组成员说道。

他的话令所有人都默默点头，就连道格侯爵自己也没有反驳的余地，因为这同样也是他曾经想到过的问题。

"央恩伯爵的话确实值得考虑，在我看来，这正是问题的关键所在。"那位至尊的陛下语气凝重地说道。

这是他第一次公然地表示出对于军队的不满。

"或许，我们还应该考虑一下，第一道围墙在地理方面的价值。"格琳丝侯爵夫人缓缓说道，"我对于军事根本一窍不通，不过我至今仍然记得，当初那些主张保有北方诸郡的理由。

　　"现在想来，确实是这么一回事。一旦奇斯拉特山脉被魔族占据，它们将会以这座山脉为基础，向丹摩尔的大部分领地发起攻击。

　　"而魔族的飞舟，更是令它们根本就没有所谓的前线，它们甚至可以轻而易举地突袭拜尔克，或者攻击南方的港口。"

　　又是一阵连连点头。格琳丝侯爵夫人的话，同样没有反驳的余地。

　　此刻，每一个人都看到了一个事实，正是因为魔族的进攻被局限在北方郡省，战乱才没有蔓延到丹摩尔全境。

　　"格琳丝侯爵夫人，你有什么建议？我一直视你为能够代替里奥贝拉侯爵成为我顾问的人选。"至尊的陛下说道。

　　"陛下，我记得我的前夫曾经说过，这个世界上并不存在某样东西，是绝对不可动摇和摧毁的。而我们这里的大多数人，好像始终在设想着，只有推倒这堵腐朽的围墙才是真正解决问题的办法。

　　"但是，这堵围墙或许仍然能够得到拯救。剔除那些彻底腐朽了的地方，用坚固的材料填充和补救，也许是更为有效的选择。"格琳丝侯爵夫人说道。

　　"尊敬的侯爵夫人，你是否知道，腐朽的或许不只是某一个人，而是贪婪而又丝毫不知满足的人性？"安格鲁侯爵连连摇头说道，他的神情显得颇不以为然。

　　"侯爵大人，我不知道您对于人性有多少了解，我只知道，我的前夫里奥贝拉侯爵对于人性充满了悲观，但是他从来不认为，这会令事情变得棘手和难办。

　　"在他看来，人性的贪婪、嫉妒和仇恨，无疑能够令一切毁灭，不过这个世界变得越来越繁荣和富裕，也不得不说是它们

的功劳。

"如果将北方兵团的将士看做是一个整体，这个整体的贪婪、嫉妒和仇恨，确实让各位感到愤怒和恐慌。但是北方兵团并非真的就是一个整体，每一个士兵、每一个将领的思想都并不相同。

"在这件事情上，有一个很好的例证。在一个多月以前，无论是内阁还是长老院，都被看做是一个整体，这个整体共同排斥和阻止法恩纳利伯爵和塔特尼斯伯爵得到国王陛下的信任和赏赐。

"那个时候，内阁和长老院几乎可以被看做是亨利侯爵的共谋。但是我相信，现在如果还有哪个人敢声称，那时他和亨利侯爵拥有同样的观点，他肯定会被看做精神方面发生了异常。

"正因为如此，在我看来，此刻最需要的，并非一个用于推倒围墙进行重建的设计师，而是一个擅长补救的高明工匠。"格琳丝侯爵夫人淡定地说道。

"这个补救工作可不简单，也许最终需要付出的代价，比重新建造一堵围墙更为巨大。"安格鲁侯爵不以为然地说道。

"侯爵夫人，以你从里奥贝拉侯爵那里获得的智慧，想必已想到了这一点。

"我记得当年里奥贝拉侯爵大人最令人信服的一件事情，便是一切都永远在他的掌握之中，即便偶尔有一些看似疏漏和破绽的地方，也无一不是他精心设置的圈套和陷阱。"和安格鲁侯爵不同，道格侯爵神情凝重地说道。

"我当然不可能像侯爵大人那样充满智慧，事实上，出谋划策对于我来说，原本就力有不逮。"格琳丝侯爵夫人谦逊地说道。

　　不过，她的口风立刻一转："我也记得曾经有人宣称，亨利侯爵是不能够被取代的，因为国库中的各种呆滞账目和形形色色的亏空，根本是别人无法接手的巨大难题，而且那里已经流失了大量的金钱，无论是谁都难以填满这些漏洞。

　　"我相信，各位现在再也用不着担忧国库会变得空荡和干涸。

　　"事实证明，虽然国库确实有巨大的漏洞，不过这些漏洞之中同样也囤积了无数财富。这些漏洞很多正是亨利侯爵自己制造的，他的私心和贪婪，令他成为丹摩尔有史以来最大的渎职者和盗窃者。

　　"里奥贝拉侯爵曾经说过，这个世界上贪婪者的想法可能千奇百怪，但是做法却大致相同，因为只有那么几种搜刮钱财的方法。

　　"而现在的北方已不再繁华，那些搜刮了大量金钱的人即便想挥霍也无从谈起，他们极力搜刮来的金币，想必就躺在他们的金库之中。

　　"我相信这些金币一旦倾泻出来，足以压断很多人的脊梁。"格琳丝侯爵夫人用尽可能平淡的语调说道。

　　她并不希望给别人一种狠毒、阴险的坏女人的感觉，因此，她说到这里连忙闭上了嘴巴。

　　"这件事情说起来简单，但是做起来非常麻烦。"安格鲁侯爵再一次反驳道。

　　"现在北方全部牢牢控制在那些腐化堕落的家伙手里，他们可不是亨利侯爵，他们之中有贪婪的官员，不过更多的却是更为贪婪的军官。

　　"这些军官们可以轻而易举地煽动部下拿起武器。就连精明

新的魔族

如塔特尼斯伯爵这样的人物，都无法在那里待下去，要知道那里毕竟是他的故乡。他被北方的贪婪和腐化彻底地驱赶和排斥出了那片土地。

"难道还有人比塔特尼斯伯爵更了解那里的一切？难道还有人比塔特尼斯伯爵更精明，更善于解决难题？

"正因为如此，在我看来，格琳丝侯爵夫人的建议确实完美无缺，不过却未必能够实现。"

国王陛下身边那两位地位高贵的女人丝毫没有表态。

王后陛下自然永远站在自己盟友这一边。事实上，她根本就不会去判断密友所说的话是正确还是错误，她甚至没有判断对错的能力。

而那位国王的情妇，同样一言不发。她一直在用眼角注视着国王陛下的神情，从那微微耷拉下来的嘴角之上，她已然看到了一丝启示。

除此之外，她同样也不打算批驳格琳丝侯爵夫人的建议，因为系密特的原因，她和这位侯爵夫人之间的关系显得相当微妙。

除了这两位女士之外，那三位旁听这一切的臣子之中，两位微微地点了点头，只有道格侯爵皱紧了眉头。

事实上，他有一种非常糟糕的感觉。

他刚才的建议受到央恩伯爵的批驳，这或许还说得过去，毕竟连他自己都对此毫无把握。而此刻安格鲁侯爵却显然有些针对格琳丝侯爵夫人，每一次都是他站出来，不遗余力地反对格琳丝侯爵夫人的建议。

道格侯爵不禁在记忆之中，搜索起有关安格鲁侯爵的简历

来，希望能够找到安格鲁侯爵反对格琳丝侯爵夫人的原因。

如果能够找到原因，那将是一件非常值得庆幸的事情，令他感到恐怖的，反而是无法找到明显的理由。那无疑意味着，安格鲁侯爵打算和格琳丝侯爵夫人争夺"国务咨询会"的主导和控制权。

道格侯爵非常清楚，那将是无比危险和可怕的。

国王陛下组织这个会议，正是由于已经厌烦了长老院和内阁因为私心而互相排斥、倾轧的恶习。

因此，他挑选了他认为最忠诚和能够信赖的七个人，组成这个范围极为窄小的会议。

如果在这七个人之中，还出现权力的争夺和利益的纷争，那不仅会令陛下彻底失去耐性，同样也会令这里的大多数人受到怀疑。

想到这里，他选择了沉默。这位侯爵大人用眼角的余光，扫视着长桌上的每一个人，而脑子里面却已经开始策划着，应该如何向陛下证明他的忠诚。

"国务咨询会"的例行会议，最终在毫无收获之下惨淡结束，那位至尊的陛下有些微愠地离开了他的坐位。

所有人都小心翼翼地退了出去。

这里的每一个人，都熟知那位至尊陛下的脾气。如果国王陛下甚至不想和自己的情妇待在一起，那么便证明此刻他确实需要真正的平静。

没有人知道，打扰这位至尊陛下的宁静会是什么样的结果，也几乎没有人愿意进行这方面的尝试。

不过这一次，却有一个人准备进行一场冒险。

道格侯爵并没有和众人一起退出会议厅，他半路上装做遗

失了某份重要文件，在会议厅外面的休息室里面翻找起来。

等到所有人都退出会议厅之后，这位侯爵大人立刻朝站在会议厅门口的那位宫廷总管阿贝侯爵走去。

"请替我向陛下通禀一声，我有一些想法希望让陛下得知。"道格侯爵压低了声音说道。

这位宫廷总管显然有些犹豫不决。

他同样非常清楚，当陛下怒气冲冲的时候，打扰他的安宁将会是一件多么危险的事情，而国王陛下的愤怒，或许同样也会蔓延到他的头上。

不过，如果拒绝道格侯爵的要求，同样也是一件相当糟糕的事情。

万一将来陛下认为这件事情非常重要，而阻止陛下尽早得知这件事情的自己，毫无疑问会立刻被看做是渎职者，甚至是背叛者。

想了好一会儿之后，宫廷总管阿贝侯爵有些犹豫地低声问道："道格侯爵，您真的打算打扰陛下的安宁？难道您不能够等到更晚一些的时候，再向陛下禀报？"

"这件事情非常紧急和重要。"道格侯爵固执地说道。显然他丝毫不为所动。

宫廷总管点了点头，知道自己再也没有推托的理由，于是轻轻地敲了敲门。

在幽暗的办公室里面，至尊的陛下盯着站在他身旁的道格侯爵，过了好一会儿，才缓缓地点了点头，说道："我很高兴你来见我，事实上，刚才我同样拥有你此刻所说的那种感觉。

"我原本以为'国务咨询会'将是一片净土，这里不会有私心和杂念，这里的每一个人都深得我的信任，对我无比忠心。

"但是，事实令我感到失望。过于靠近至高的权力，总是会令一些人渐渐被贪婪和欲望所腐蚀。无论他们当初对我有多么忠诚，一旦身居高位，堕落几乎无可避免。"

陛下重重地叹了口气，这声叹息，令道格侯爵终于松了口气。

"陛下，您用不着因此而感到失望，那些会被地位和欲望所腐蚀的人，原本就并非对您真正忠诚。他们永远只会忠于他们自己，对陛下您的忠诚，纯粹是为了利益。

"但是，陛下，您无法否认一个事实，您的身边始终不缺乏真正对您忠心耿耿的人。就拿里奥贝拉侯爵来说，当年您一度疏远他，而事实证明他对您的忠诚始终未变。

"另一个例子便是法恩纳利伯爵，他对于您的忠诚也毫无疑问。

"在我看来，'国务咨询会'之中，除了安格鲁侯爵之外的其他人，大多没有什么私心，这绝对不是我在自我标榜。"道格侯爵小心翼翼地说道。

那位至尊的陛下说道："你说得不错，或许我确实过于悲观。此时，我至少能够保证'国务咨询会'还没有彻底失败，毕竟能够得到我全部信赖的人超过半数。

"王后和兰妮自然毫无疑问，而格琳丝侯爵夫人应该同样没有什么问题，如果她的智慧来自里奥贝拉，那么，她应该同样感染上了我那位老朋友的忠诚之心。

"而你更是令我感到放心。毕竟无论是王后，还是兰妮和格琳丝侯爵夫人，她们虽然忠诚，却仍旧是女人，在很多事情上，她们无法给予我更多的帮助。

"而我又不能将依维从长老院抽调出来，我需要他替我控制住长老院里面的那些老家伙，那里是贪婪和欲望的源泉之一，是丹摩尔最堕落和腐败的烂泥沼。

"同样地，我也无法抽调塔特尼斯伯爵。

"事实上，我非常清楚，格琳丝侯爵夫人提议的最佳执行者，无疑便是熟知北方内情的塔特尼斯伯爵。

"但是，财务部一旦离开了他和他的那些专家，立刻会陷入混乱之中。没有人比我更清楚，维持千疮百孔的国库是多么困难和劳神。

"给我一些具体的建议，道格。这段日子以来，年迈和衰老令我感到越来越痛苦和无奈。我甚至开始怨恨父神，为什么让我晚年得不到安宁，为什么那些魔族不在我年轻的时候出现？此刻的我，已经力不从心。"

说到这里，那位至尊的陛下发出了轻轻的呜咽，没有什么比一个老人的哭泣更令人感到凄凉。

"陛下，或许父神正打算给予您一个在历史上永远被人牢牢记住并且传颂的机会。"道格侯爵立刻安慰道。

当然，他十分清楚，最好的安慰是一个能够解决眼前难题的办法："陛下，您设立'国务咨询会'，不正是为了更有效地清除丹摩尔的腐败和堕落？而'国务咨询会'同样也有可能出现腐败和堕落，自然也得有人加以清除。

"而最合适的人选，无疑便是陛下本人。还有谁能够比您自己更加忠诚于您？又有谁比您更不可能背叛丹摩尔王朝？"

道格侯爵的话令至尊的陛下恍然大悟，他的眼神中立刻绽放出无限的神采。

道格侯爵继续说道："陛下，还有一件事也许能够令您感到宽慰。在您看来，军队和内阁之间只有对立，但是据我所知，军队之中还是有一些人愿意和内阁合作，虽然他们只信赖塔特尼斯家族。

"我听说，在拜尔克南郊，塔特尼斯伯爵专门拨款由塞根特公爵亲自督造了一个制造厂。

"我之所以知道这座制造厂，是因为当时我的眼线告诉我，这个制造厂耗资巨大，甚至调用了您的御用工厂中最为优秀的工匠和最精致的设备，但是却没有制造出任何东西。

"这个消息令我感到怀疑，因为塔特尼斯伯爵并不是那种愚蠢而又贪婪的人物。我重新调查了这件事情，调查的结果令我兴奋。

"这座制造厂显然是一个庞大的实验室，那里生产出来的全都是一些千奇百怪的东西。在不久的将来，这些东西或许会对北方的战局产生巨大的影响。"

道格侯爵非常清楚，这些绝对能够引起国王陛下的兴趣。众所周知，新奇的武器原本就是国王陛下的喜好之一，而塔特尼斯家族无疑在这方面全都有着奇特的天赋，更何况军方和内阁的合作此刻是最能够取悦陛下的事情。

"噢？塔特尼斯伯爵并没有对我提起过这件事情。"

国王陛下立刻说道。不过，他的脸上丝毫没有显露出不愉快的神情，反而兴致勃勃，仿佛听到了什么有趣的事情。

"陛下，我想，塔特尼斯家族的特征便是做的比说的多。

"那座奇特的宅邸，那无数精致的铁管，已证明这个家族极为擅长创造，或许他们自己已对此习以为常了。"道格侯爵说道。

不过这倒并非是他的恭维之辞，事实上京城里面的很多人

都这样认为。

"你有没有兴趣，陪我一起到那里去看看？"那位至尊的陛下说道。

"这……这不太妥当吧？那里到处都是兵器，对于陛下来说，实在太危险了。"道格侯爵有些慌乱地说道。显然他并没有想到这番话的效果会如此好。

"用不着担心，有两位圣堂武士大师守护我的安全，没有人能够伤害我分毫。"陛下不以为然地说道。

一碟腌制得非常可口的牛肉，两块上等干酪，宫廷之中的午餐虽然美味却谈不上丰盛，正因为如此，午餐并没有花费系密特太多的时间。

此刻，他已换上了一身击剑手的装束，站在奥墨海宫前面的草坪上。单薄的衬衫领口高高地竖起，富有弹性的紧身裤紧裹大腿，脚下是一双软底护腿靴。

系密特的身旁就停着他那辆心爱的马车，这是伦涅丝小姐的吩咐，她早就对这辆马车有所耳闻。

无所事事的系密特，轻轻地摘下腰间的那两柄细刺剑挥舞着，他的双手各握着一柄细刺剑。

他原来那对沉重厚实的双月刃，早已成了国王陛下的诸多收藏之一。

系密特之所以愿意放弃那对兵刃，是因为大长老告诉过他，对于即将开始的新的战斗，那对沉重的兵刃显得并不合适。

圣殿正在替他打造属于他的兵刃，不过最后也是最为关键的步骤仍要由他自己来完成，不过得在一个星期之后。

轻轻地挥舞着那对细刺剑，系密特很熟悉这种感觉。

事实上，他对于这种武器并不感兴趣。圣堂武士的武技，更适合使用弯刀。不过他同样也非常清楚，想要不露出破绽的话，最合适的武器仍然是这种没有多少威力的武器。

正当他感到闲得无聊的时候，背后传来了清晰的脚步声。

"这就是你的马车？看起来没办法载太多的乘客。"国王的情妇微笑着说道。

令系密特感到惊奇的是，在伦涅丝小姐的身旁，居然还站立着王后陛下和格琳丝侯爵夫人。

当然，那位喜欢将一切都占为己有，变成自己收藏的王太子殿下，也被围拥在女人们的中间，此刻他正两眼放光地看着这辆马车。

"我确实没考虑过载其他人。"系密特挠了挠头，说道。因为在他看来，绝对不会有人愿意和他一起乘坐这辆飞奔起来如同闪电的马车。

"难道你所指的新鲜有趣的事情，便是这辆马车？"王太子殿下好奇地问道。

"对啊，原本我想让系密特用他这辆新奇的马车，载着我们到附近的那座山坡上，但是显然已经毫无希望。"伦涅丝小姐笑着说道。现在，她显得和王后陛下亲密了起来。

"我很想乘坐这辆马车。"说着，王太子殿下立刻爬上了那辆马车。

他显得异常兴奋，对于他来说这确实是一件有趣的玩具。

看着伦涅丝小姐刻意装出来的殷勤微笑，系密特多多少少能够猜到她为什么这样做。或许这些女人们有些心情欠佳，因此，国王的情妇才千方百计替大家找些有趣的东西娱乐一番。

对于王太子殿下的要求，系密特自然无法拒绝。

　　不过，他也留了一些心眼，绝对不能让王太子喜欢上马车。这倒不是因为他担心这辆马车会被小家伙据为己有，而是担忧万一小家伙对这辆马车上了瘾，一旦出了什么危险，他毫无疑问必须担负所有的责任。

　　正因为如此，系密特毫无保留地让四匹纯种血统的骏马放开马蹄狂奔。

　　迎面刮来令人喘不过气来的劲急狂风，让年幼的王太子殿下连眼睛都睁不开。到最后，小家伙紧紧地抱住系密特的腰，以便令自己能够呼吸。

　　"有趣吗？看这辆马车的速度有多么惊人？"系密特故意说道，"我甚至能够一把将风抓在手里。"

　　"或……或许是这样，不过你是不是能够慢……慢一些？"年幼的王太子用恳求的语调说道。

　　马车渐渐慢了下来，王太子这才从系密特的身后探出头来："我必须说，你又制作了一件有趣的东西。不过这辆马车显然不太适合我，它甚至比骑马更加可怕。"

　　"殿下，你还记得我对于你的承诺吗？如果有朝一日你遇到危险，我就用这辆马车带着你逃跑，我相信没有人能够追得上这辆马车。"系密特故意说道。

　　这让年幼的王储异常感动，不过对于连呼吸都感到困难的速度，他仍旧有些恐惧。

　　"噢，你真是我最值得信赖的朋友，不过你是否能够改装一下这辆马车，在后面加个坐位，即便只是一个挂斗也可以，我绝对不会在乎的。"王太子郑重其事地说道。

　　"没有问题，真可惜，你无法体会速度的乐趣。"系密特说道。他暗自好笑。

"不，不，你不是说过，我无法理解女孩子为什么喜欢洋娃娃吗？同样的道理，我也无法懂得速度的乐趣。"小家伙连连摇头，说道。

系密特放慢了速度，让马车绕着湖边转了一圈。然后，欣然地看着王太子殿下逃一般地跳下马车。

王后疼爱地替儿子轻轻梳理着散乱的头发，她显然已经失去了乘坐这辆马车的兴致。

正在这时，几个宫廷侍从飞也似的跑了出来，他们是国王陛下的御用车夫。

几乎每个人都能够猜到，国王陛下准备外出了。

当陛下出现在奥墨海宫前草坪上的时候，他脸上欣然的微笑令原本为此而担忧的女人们终于放下了心。

她们的忧愁和烦闷，原本就来自陛下的不快，而此刻陛下既然已经恢复了好心情，她们自然同样轻松了起来。

国王一眼看到那辆奇特的马车，立刻兴致勃勃地走了过来。用不着询问，他已经猜到这是谁的杰作，塔特尼斯家族的才华和智慧以及他们的古怪，早已为世人所知。

"非常有趣的设计。小系密特，你想用它来做什么？"国王兴致勃勃地问道。

"速度。至高无上的陛下，我只有一个念头，那便是用最快的速度飞奔，看看会是什么样的感觉。"系密特必恭必敬地回答。

"非常有趣的想法，也许我可以让你和我最好的骑手比赛一下。"陛下微笑着说道。

"为什么不试试？您来当裁判，而王后陛下、我和格琳丝侯爵夫人进行监督，保证比赛的结果足够公正。

　　"从这里到拜尔克，无疑是最好的比赛跑道，回来的时候，我也打算乘坐一下这辆马车，或许我也会喜欢上那风驰电掣的速度感。"伦涅丝小姐微笑着说道。

　　"我就不必参与其间了。"王后陛下立刻说道。

　　虽然她和这位夺走了国王陛下所有宠爱的情妇表面上显得越来越亲热，不过她仍旧不打算真正将友谊给予这位情敌。

　　没有人表示异议，美艳迷人的国王情妇和格琳丝侯爵夫人登上了国王陛下的马车，在王家骑士的护卫之下浩浩荡荡地出发了。

　　而系密特则和另外一位骑士，等候着宫廷总管阿贝侯爵发布出发的号令。

　　几乎所有空闲着的人，全都走到草坪前面观看这场比赛，就连那位王太子殿下都有些跃跃欲试。不过，他只要一想到刚才那可怕的景象，便立刻打消了再一次登上这辆马车的念头。

　　沙漏终于流尽了最后一粒沙粒，铜号被吹响，那位骑士和系密特立刻催促着骏马朝前疾驰飞奔而去，就像是两道闪电，转眼间消失在大道的尽头。

　　对于胜利，系密特充满了喜悦。

　　事实上，他赢得非常轻松，不过对于胜利的奖品并不满意——那位至尊的陛下在他额头上吻了一下，作为奖励。

　　因为伦涅丝小姐和格琳丝侯爵夫人并不打算和国王陛下同行，因此两个人从陛下的马车上下来，坐上了系密特的马车。

　　这辆马车原本只有一个人的坐位，不过勉强能够挤得下两个人——两个身材并不高大魁梧的人，幸好国王的情妇和格琳丝侯爵夫人都不是五大三粗的壮汉。

系密特坐在两个女人的膝盖上，他仍然充当车夫的角色。

"格琳丝侯爵夫人，想必你已猜到，我刻意制造眼前这个机会以便能够和你单独相处?"伦涅丝小姐说道。

"那么系密特算是什么?"格琳丝侯爵夫人故意岔开了话题。

"我希望得到你的友谊，为什么不给我这样一个机会?"伦涅丝小姐直截了当地说道。

这一次，格琳丝侯爵夫人沉默不语。

"对了，小系密特告诉我，他曾经和你通过互相交换秘密的方法，来获得彼此的友谊。"伦涅丝小姐终于拿出了她事先准备好的"猛药"。

果然，一听到这句话，格琳丝侯爵夫人立刻显得有些不自然起来，并且露出了一丝微愠的神情。

系密特清楚地感觉到格琳丝侯爵夫人的愠怒，这令他感到有些恐慌。他真正害怕的，是从此失去格琳丝侯爵夫人的信任。

"不过，小系密特始终不肯向我透露，你告诉他的那个秘密到底是什么。"伦涅丝小姐微笑着说道，并用力掐了一下系密特的脸颊。

这番话总算令格琳丝侯爵夫人稍稍感到释然，至少她用不着担心自己的真相和过去的一切彻底暴露。

"为什么你不像我一样，或许这会令你感到好受一些。"伦涅丝小姐说道。

格琳丝侯爵夫人看了国王的情妇一眼，笑了笑，也伸出手来在系密特的另一边脸颊上掐了一下，当然那要轻得多。

正如伦涅丝小姐所说的那样，这令她感到好受了许多。虽然系密特并没有彻底背叛她，不过仍旧令她感到有一丝轻微的恼怒。

"格琳丝侯爵夫人,我是否能够用同样的方法来换取你的友谊?"伦涅丝小姐小心翼翼地问道。

"我从来不喜欢打探别人的秘密,我也不是一个喜欢多管闲事的人。"格琳丝侯爵夫人轻笑着摇了摇头说道。

这无疑是一种拒绝,不过,伦涅丝小姐丝毫没有气馁。

"你不是从你的前夫那里,获得了有关政治最为正确的理解吗?"伦涅丝小姐试探着问道。

"这并非完全是政治,毕竟我们这些女人原本就远离政治。你应该非常清楚,女人更加在意的是对立和友谊,我必须对友谊表现出忠诚。我所拥有的是朋友,而并非盟友。"

格琳丝侯爵夫人异常巧妙地再一次转开了话题。

"我们之间同样也可以存在友谊——并不为别人所知的私下的友谊。"伦涅丝小姐再一次试探道。

"那仍然是盟友,而并非朋友。事实上,我非常愿意成为你的盟友,我们此刻已经是这种关系。王后陛下同样如此,她非常清楚同你结盟对她非常有利。"

格琳丝侯爵夫人微笑着说道。此刻的她无疑像是一位真正的政治家。

只不过,她的对手是伦涅丝小姐。这位美貌和理智并存的小姐,不仅拥有政治家的理智和手段,更拥有女人才会采用的手段和武器。

"小系密特,驾驶马车好像非常有趣,让我也来试试。"这位美艳迷人的小姐微笑着说道。

没有人知道她在打什么主意,不过系密特仍然顺从地停下了马车,将缰绳交到了伦涅丝小姐的手里。

"这样并不是非常方便。系密特,你坐到我的位置,让我坐

在你的身上。"伦涅丝小姐用命令的语气说道。

根本不容系密特有所异议，这位小姐将系密特放在了她的坐位上。

令系密特感到惊诧的是，他愕然看到伦涅丝小姐的长裙后面，那条缝隙此刻是敞开的。

他绝对可以肯定，刚才伦涅丝小姐从陛下的马车上下来时，扣子还是紧紧扣上的。

他并不愚蠢，自然知道接下来会发生些什么。他惟一不知道的，是自己应该如何应对眼前这无比糟糕的状况。

一切都在无声无息和不知不觉之中进行着，伦涅丝小姐显然是这方面的专家。她对此熟练至极，正因为如此，她能够丝毫不露破绽地完成一切工作。

不过系密特相信，格琳丝侯爵夫人肯定知道他们正在干些什么，因为她的脸上飞起了一片红晕。

马车重新驶动起来，伦涅丝小姐调转马头，让马车沿着一条岔道缓缓前进。

"格琳丝侯爵夫人，我再一次衷心地提议，用秘密来换取友谊。"伦涅丝小姐说道。

这一次，格琳丝侯爵夫人绯红着脸，犹豫了好一会儿。她非常清楚，这位美丽的小姐无疑将她和自己逼上了最后的绝境，一旦拒绝，毫无疑问将只有一个人能够存活下来。

"我现在开始有点痛恨那些不懂事的小东西了。"格琳丝侯爵夫人有些恼怒地说道。

"为这样的事情发怒毫无理由，没有人比你我更加清楚，我□□够轻而易举地找到一种办法，令男人无法拒绝我们的□□□□小姐微笑着说道，"为了我们共同的认知，我们

之间是否能够拥有一些友谊了？"

"好吧，现在看来，我没有拒绝的理由。我会尝试着让王后陛下接受你的好意，不过我不敢保证，那将会转化为友谊。"格琳丝侯爵夫人最终选择了妥协。

"这太让我高兴了，实在应该为此而庆祝一番！"伦涅丝小姐兴奋地说道。

"或许，现在应该仍旧让系密特来驾驶马车。"格琳丝侯爵夫人红着脸，小声说道。

"小系密特，你是否能够变成马车坐垫的样子，我相信这对于你来说没有太大问题。"伦涅丝小姐转过头来说道。

看着渐渐变出斑点和花纹，越来越像一只丝绒坐垫的系密特，格琳丝侯爵夫人微微有些吃惊，不过她立刻猜到这是怎么一回事。

事实上，她开始有些嫉妒起来，这位伦涅丝小姐，显然已经比她更加了解系密特的情况。

格琳丝侯爵夫人心里有一种被人夺走所爱的感觉，虽然这种感觉并不是非常浓重。

"驾驶马车的感觉确实不错，你是否也要尝试一下？"伦涅丝小姐微笑着问道。

这令格琳丝侯爵夫人感到愕然。

"我……我恐怕并不合适……我的衣服并不适合驾驶马车。"格琳丝侯爵夫人断断续续地说道，她的脸已经涨得通红。

"如果你愿意，我们可以一起去我的公寓，我帮你裁剪一下。这并不困难，而且保证天衣无缝。"伦涅丝小姐笑着说道。

"不过，在我看来，你最需要的还是一条面纱。我虽然能够保证你的衣着不至于露出破绽，不过你脸上的红晕无疑会出

卖你。"

说着，这位美艳迷人的小姐从长裙旁边的口袋里，掏出了一条黑色的面纱。

格琳丝侯爵夫人犹豫了好一会儿之后，接过了那条面纱。

 **3　使　命**

　　初夏的第三个星期天，对于所有拜尔克人来说，都是最值得庆祝的一个日子。

　　贪婪而又险恶的前财务大臣，那个令许多拜尔克人损失惨重的家伙，终于被最高法庭宣判死刑。

　　和所有人预料和希望的一样，亨利侯爵必须接受被烧烤的命运。拜尔克人曾经希望干柴越多越好，现在却反而希望火烧得不要太旺。

　　行刑的这一天，正义广场上简直是人山人海，拜尔克人几乎全都挤到了这里来观看正义得到伸张。

　　执行官显然是个非常有头脑的人，他同时判处了另外六个囚犯接受火刑，他们全都是亨利侯爵的同党。前财务大臣被包裹在六个囚犯的正中央，他无疑可以比别人活得更久。

　　死刑从黎明开始，一直持续到深夜。其间有好几次，干柴烧得太旺盛，被那位执行官亲自浇灭。

　　对于这漫长的火刑，拜尔克人丝毫不感到厌烦，事实上他们乐此不疲，一整天都能够听到叫好和欢呼的声音。

而此刻，在幽暗的会议厅之中，长桌两旁原本七个人的坐位只坐着六个人。

没有人知道安格鲁侯爵出了什么事情，同样也没有人提起。毕竟安格鲁侯爵的整个家族神秘失踪，已经证明了这绝对不是他们应该管的事情。

当姗姗来迟的国王陛下出现在众人面前时，所有人仿佛都已彻底忘记了安格鲁侯爵这个名字。

"上一次的例会，没有取得任何进展，会议结束之后，我思考了很久，最终仍然觉得格琳丝侯爵夫人的提议比较可行。"至尊的陛下为会议确定了一个主题。

现在仍旧坐在坐位上的每一位，自然不会重蹈安格鲁侯爵的覆辙，几乎每一个人都在默默点头。上一次明显不太赞成格琳丝侯爵夫人提议的另外两位成员，此刻将头点得最为起劲。

"既然大家一致通过这个提议，那么请各位提出最为合适的人选。"陛下说道。

"陛下，在我看来，只有塔特尼斯伯爵能够胜任这项使命。"曾经和安格鲁侯爵站在同一条战线上的那两位先生之中的一位，首先说道。

王后张望了格琳丝侯爵夫人一眼，而国王的情妇则看着陛下，只有道格侯爵没有左顾右盼。显然，他最为清楚，这个提议根本毫无用处。

"谁都知道，塔特尼斯伯爵是最合适的人选。但是你是否想过，在塔特尼斯伯爵离开拜尔克期间，由谁来接替财务大臣的职位？"陛下冷冷地说道。

"我提议道格侯爵。"最年轻的成员立刻说道。

"陛下，我非常愿意前往北方，不过您比任何人都更加清

楚，我最为擅长的是协助，而非做出决策。"道格侯爵立刻站起来说道。

无论是国王还是其他人，都不禁点了点头，这确实非常符合众人一直以来对这位侯爵大人的风评。

"任何人都会有第一次。"央恩伯爵不以为然地说道。

但是他绝对没有想到，道格侯爵竟然会毫不留情地对他训斥道："阁下说得确实不错，任何人都会有第一次。但是，眼前我们所谈论的议题职责重大，不能够有丝毫的疏忽。这是一个只能成功，绝对不允许失败的使命，阁下的所言和提议是否太过轻率了一些？"

如此严厉的措辞令央恩伯爵一时之间说不出话来。

事实上，从刚才看到安格鲁侯爵的坐位空缺的时候，他便感到有些提心吊胆。此刻他无比怨恨自己，为什么说出那样不小心的话来。

"还有什么提议？道格侯爵，说说你的想法。"陛下显然已经对这些近在咫尺的不称职的家伙感到厌烦，他甚至开始考虑是否只保留四个人的位置。

不过那样一来，"国务咨询会"就成了道格侯爵和格琳丝侯爵夫人两个人的咨询顾问会议了，这令陛下感到深深的无奈。

"陛下，说实在的，我同样无法提出令您满意的回答。最为合适的人选非塔特尼斯伯爵莫属，不过财务大臣这个职位其他人根本无胜任。而财务大臣的职责更为沉重，权衡之下只能够放弃这个选择。

"而我本人同样也不适合担负这项使命。我擅长协助而并非决策，我不擅长和人打交道的名声早已传遍了拜尔克。

"这里还有一个人有能力担负这项使命，却并非最合适人选。格琳丝侯爵夫人的智慧和眼光一直令我钦佩，但是非常可惜，一个女人实在无法压服众人。

"也就是说，能够派往北方的协助者绝对不会缺乏，但是偏偏找不到为首的人选。"

道格侯爵的话令所有人连连点头。显然，这确实是一件令人感到头疼的事情。

"当然，拥有实力强劲的副手和协助者，有的时候，可以让一个没有什么发言权的空头人物担当决策者，不过眼下偏偏不能够这样做。率领我们前往北方的，必须是一个刚强的人物。

"有两个人，或许能够请各位考虑一下。

"第一个人选便是丘耐公爵。公爵大人和北方诸郡的官员和将领从来没有冲突和摩擦，这也是他致命的弱点，众所周知他是个老好人。

"第二个人选便是法恩纳利伯爵。他曾经在内阁和长老院慷慨陈词，力主保存北方诸郡。法恩纳利伯爵的才能和他对于丹摩尔、对于陛下的忠诚都毋庸置疑。不过因为某些特殊的原因，可以预见，他将成为围攻和敌视的目标。"

道格侯爵说到这里，停止了发言，缓缓地坐了下来。

"法恩纳利伯爵或许是更加合适的人选，不管表现出多少温柔和善，当使团一旦要对腐败堕落的官员和将领进行裁决的时候，围攻和敌视必然蜂拥而至。"格琳丝侯爵夫人叹息了一声，说道。

"我也赞成提议法恩纳利伯爵。"王后微笑着说道。显然她对伦涅丝小姐的仇视，丝毫不影响她对法恩纳利伯爵的好感。

"不错，法恩纳利伯爵显然是最为合适的人选。"

"我也提议法恩纳利伯爵。"

　　另外两个人连忙见风使舵，随口说道。

　　此刻惟一没有表态的只剩下伦涅丝小姐。不过法恩纳利伯爵是她的亲弟弟，她的心意根本用不着猜测，完全能够确定。

　　在拜尔克城那座充满神奇的圣殿之中，一间银白色的房间里面，就连空气都充满了灼热的味道。

　　这个房间绝大部分被一座巨大的火炉所占据，炉口看上去仿佛是一座祭坛，四周布满了神秘莫测的魔法阵。

　　系密特一眼便看出，这个魔法阵和能武士铠甲上所刻的魔法阵有着异曲同工的妙处。

　　而灼热刺眼的银色炉火，也令他想起满空飞舞的如同风暴一般的霹雳。

　　在银色的炉火中央飘浮着一团东西，像是水银，表面光洁明亮，而且不停地波动荡漾着，不过它的样子却是两柄交叉的弯刀，那细长的圆弧形刀身显得异常弯曲。

　　这便是用来打造能武士铠甲和力武士弯刀的神秘金属。

　　系密特知道，这团水银般的金属已经在熊熊燃烧的银色炉火之中煅烧了两个星期，而此刻需要完成的只剩最后一个步骤。

　　突然间，那两把弯刀从炉火中疾射而出，一旦暴露在空气中，它们立刻发出哧哧的声响，就仿佛烧红的铁板上浇上了水一样。

　　一股灼烤的热浪朝着四周汹涌而去，令原本已经非常灼热的房间变得仿佛火炉一般，幸好能够到这里来的都不是普通人。

　　那两把弯刀被扔进了一个盛满液体的桶里面，桶口始终弥漫着白色的浓烟。当弯刀被投入的一刹那，白色的浓烟仿佛沸腾一般剧烈翻滚起来，一股冰寒彻骨的冷气，立刻随着满溢出来的白烟笼罩了整个房间。不过灼热的空气迅速战胜了喷涌出来的寒气。

这种灼热和寒冷接连交替的感觉实在是糟糕透顶，普通人甚至无法在这里存活下来。值得庆幸的是，系密特并非普通人，不过他仍旧不敢立刻握住从桶里飘出来的两柄弯刀。

只见弯刀的表面，布满了丑陋至极的皱褶和裂纹。这些如同树根一般纠结扭曲的纹路，是极度的灼热和寒冷的产物。

等那灼热的空气驱散弯刀之中浸透了的寒气，系密特轻轻握住了刀柄。他信手挥舞起这两个弯曲的、样貌丑陋的铁条，神情显得如此专注沉稳，因为此刻他正在打造属于自己的弯刀。

"头部太过沉重，或许还得让弧度更大一些。"旁边站立着的大长老立刻说道。

对此，系密特丝毫不感到奇怪，对于平衡的感知原本就是力武士的基础，而大长老显然已经达到最高超的境界。

就像当初的他无论怎样装做即将摔倒，也无法骗过那些力武士一样，丝毫的不平衡立刻能够被这位大长老感知，敏锐和迅疾的程度远远超过正挥舞着这两柄弯刀的自己。

"是的，头部确实太过沉重。"系密特轻轻地松开了两柄弯刀，弯刀立刻朝着银色的炉火飘去。

"大长老陛下，我一直不明白，既然你告诉我，将强大的力量转化为速度，要比直接运用力量本身更为有效，那为什么力武士的弯刀远比普通兵刃要沉重得多？我相信金属的硬度和坚韧性并不是真正的原因。"系密特问道。

"并非力量越大速度就越快，关键在于肌肉。当速度达到了某一个程度，无论握持多么轻盈的武器，都无法令速度进一步加快，在速度已达到了极限的时候，力量，便决定了攻击的

威力。

　　"而稍微沉重一些的武器，能够令力量更加容易发挥出来。速度和力量，再加上灵活性，这同样也是一种平衡。只不过对于大多数力武士来说，肌肉的构造和极限都差不多，也因为如此，能够选择的余地也不会太大。

　　"不过你却有些不同。你的肌肉有着极为独特的性质，而你对于力量的分配仍旧遵循那些力武士的方式，因此，你没有注意到自己在速度方面还有很多可以挖掘的潜力。

　　"而此刻，我能够给予你的指点，便是如何将你的优势发挥到极限。"大长老缓缓说道。

　　"对我来说，能够使用越轻的武器，越能够证明我的实力有了更大的进步？"系密特有些疑惑地问道。

　　"可以这样说，不过你还是会达到极限，即便你拥有那极为特殊的肌肉，仍旧有某个平衡点存在。当你达到了这个平衡点的时候，或许你又会反过来，重新选择较重的武器。"大长老微笑着说道。

　　听到这些，系密特陷入了沉思……

　　不断地修改和重新打造整整持续了五个小时，两柄异常弯曲的长刀出现在系密特的眼前。

　　弯曲如同新月的刀身显得细长而又狭窄，系密特甚至有些担心，如此单薄的刀身是否会被轻易折断。

　　正如大长老所说的那样，这两柄弯刀甚至比他从盖撒尔大师手上继承的那两柄弯刀更加轻盈灵巧，但是长度反倒超出许多。

　　刀身仍旧丑陋不堪，不过系密特相信，经过仔细研磨之后，这两柄弯刀肯定能够像他曾经使用过的另外两柄弯刀一样，闪烁出绚丽而又美艳的银色光泽。

"这是你所拥有的第一副属于你自己的弯刀。不过，我不知道多久之后，你就要再打造一对弯刀了，也许是一年，也可能仅仅在一个星期之后。"大长老叹息了一声，说道。

系密特按照脑子里面那些力武士的记忆，将弯刀轻轻地放在旁边的一座平台上。那是个完全用金属铸造而成的平台，上面光洁平整得就像是镜子一样。

当系密特将手缩回来之后，一道朦胧的白光将平台笼罩起来。

令系密特感到不可思议的是，那两柄弯刀发出刺耳的吱吱声，凹凸不平的表面仿佛被某种无形却沉重无比的东西碾压过一样，渐渐变得平整起来。

"这是怎么回事？真是可怕。"系密特喃喃自语道。

"没有人知道，无数个世纪以来，魔法师们一直试图找出正确的答案。但是非常可惜，这远远超出我们能够理解和认知的范围。

"这个砧和熔炉，全都是诸神亲手制造的物品，它们和圣堂武士一起出现在这个世界上。"大长老缓缓说道。他的语气显得异常凝重。

"这样说来，古埃耳勒丝帝国的晚期，诸神肯定曾经降临到人间，他们创造了圣堂武士，并且赐予人类这些熔炉和砧。

"但是，为什么诸神不直接消灭那些魔族？难道有什么阻止他们这样做？"系密特忍不住问道。这个问题藏在他的心底已经很久了。

"没有人知道准确的答案。不过传说中，诸神并没有亲自降

临人间，他们只是派出了他们的使徒。

"在圣殿最初的记载中，对这些使徒曾经有所描述。这些使徒乘坐着诸神亲自打造的战舰，这些战舰巨大无比难以形容，却奇迹般的飘浮在空中。

"诸神的使徒让人类乘上这巨大无比的空中战舰，决战首先在空中展开。

"诸神的使徒展开巨大的翅膀，他们的对手正是那些飞行恶鬼和诅咒巫师。但是在地面上，魔族的大军早已经一望无际，埃耳勒丝帝国几乎被扫荡干净，幸存下来的大部分是那些幸运地登上了空中战舰的人。

"这几乎是一场不可能获胜的战斗，不过诸神的使徒却出乎预料地将人类士兵全部投入到攻击魔族基地的战役之中。

"这是一场几乎令所有人绝望的战役，惟一值得庆幸的是，严寒的冬季给予人类巨大的帮助，魔族的基地一个接着一个被摧毁，魔族最大的弱点，终于暴露在了人类的视线之中。

"没有了基地，对于魔族来说便意味着彻底失败。

"这种生物虽然拥有不可思议的顽强生命力，但是它们却丝毫不懂得捕食猎物，饥饿和严寒比人类的反击更加有效。当冬季的第一场大雪飘落时，空荡荡的大地上，到处能够看到魔族的尸体。

"埃耳勒丝帝国从此消失。重新回到大地上的人们建立了各自的王国，不过诸神的使徒和他们驾驭的神的战舰，也从此消失得无影无踪。"

大长老一边回忆着，一边说道。他用沉重的叹息声，作为最后的结束。

"是否有办法将诸神的使徒重新召唤到人间？"系密特忍不

住问道。

"菲廖斯大师已出发去寻找资料。那是个非常遥远而神秘的地方，如果诸神的使徒留下过一些线索的话，只可能被隐藏在那个地方。"大长老说道。

"为什么您这样肯定？菲廖斯大师前往的是一个什么样的地方？"系密特好奇地追问道。

"进入赫居山脉，一旦翻过古雷特峰，所有的魔法力量将彻底消失，那里就是当年魔族大入侵时魔族最初出现的地方。

"高达六千米的古雷特峰阻挡住了北方的严寒，同样也阻挡住了冰雪，正因为如此，古雷特峰四周布满了巨大绵延的冰川，但是在山谷之中，却流水潺潺，充满了勃勃的生机。

"对于魔族来说，那里是得天独厚的地方；而对于人类来说，想要翻越古雷特峰，进攻深藏在冰川之中的山谷，简直就不可能。只有飞翔在空中的诸神战舰，能够不受阻挡地到达那里。

"不过，那里毕竟是魔族的发源地，激烈的战斗在极为狭小的地方展开，一艘诸神的空中战舰被魔族击落，残骸散布在山谷之中，而其中最为核心的部分深深插入了山岩里面，就像是一座巨大的高塔一般永远耸立在那里。

"从此以后，对于魔法师来说，那座山谷周围方圆数百公里的地方成为了绝对的禁区。这种力量，有的时候甚至会蔓延到一千公里以外的范围，因此，赫居山脉附近从来没有魔法协会存在。

"那艘坠毁的空中战舰无疑是最值得研究的东西之一。最初的几个世纪里，魔法师对这座城堡充满了好奇，不过最终一无所获，令所有人感到灰心。那座城堡曾经被废弃两个世纪之久，

后来变成了一座修道院。

"查理三世时代，丹摩尔发生了一起叛乱，叛乱者之中有一位法力超绝的魔法师。叛乱被平息之后，如何处置那个魔法师成为一个巨大的难题。最终他被关押在了那座修道院之中。

"从此以后，这座修道院就拥有了这样一个用途，关押魔法师的监狱——一座自由而又广阔的无形牢笼。

"菲廖斯大师就是前往那里，但愿他能够找到有关诸神使徒的记载，这或许是我们最后的希望。虽然这样说显得有些悲观。"大长老说道。他看上去显得有些忧愁。

正在这个时候，一阵清脆悦耳的金属摩擦声，将所有人的注意力吸引了回来。

系密特惊诧地看到，那两柄弯刀此刻显得更加轻薄和狭窄，而表面坑坑洼洼、纵横交错的凹痕早已消失得无影无踪。

弯刀的表面仿佛飘浮着一层青烟，不过仔细观察，原来是无数细微、渺小到难以看清的金属沙砾。

这些金属沙砾不停地摩擦和碰撞刀身，因此发出清脆而又美妙的声音。随着阵阵轻响，系密特甚至能够看得出来，刀身正变得越来越光洁平整。

系密特期待着自己的弯刀能够和其他力武士的弯刀那样，亮丽如同镜子一般。因此，当刀身仍旧显得模模糊糊的时候，金属沙砾停止了磨擦，令系密特感到有些疑惑不解。

"波索鲁大魔法师说，他要给这对弯刀涂上一些其他东西，为了让这层东西牢牢地附着在刀身上，他让我将刀身的表面弄得稍微粗糙一些。"大长老解释道。他非常清楚系密特为何显露出迷惑的神情。

正说着，一阵异常刺耳的声音闯入系密特的耳中，仿佛是

61

两把钢锉互相绞在一起。

只见一道耀眼的金色光芒顺着刀刃轻轻滑过，明亮无比的金色光芒所经之处，刀身之上立刻显露出锐利而又锋芒的刀刃。

这就是他的弯刀，一对锋利无比的力武士弯刀，系密特甚至有些迫不及待，想要拿起弯刀挥舞一番。

"保持冷静，克制自己的欲望。"大长老在一旁警告道。

系密特有些不好意思地笑了笑。

当傍晚昏黄的阳光照射在拜尔克的街道和广场之上，一幢幢建筑物笼罩在那拉长的阴影中的时候，一位老者无精打采地站立在窗口，眺望着远方。

他正是元帅大人塞根特公爵。

在他的身旁，站立着他最为信赖的好友和智囊。

"作为你的朋友，我必须说，你再也用不着忧愁了，北方的那些官员和将领再也不会成为你的麻烦。不过作为参谋长，我必须警告你，真正的麻烦就要来了。"

下巴上有条疤痕、身材消瘦细长的参谋长缓缓说道。他跷着脚，坐在客厅的角落之中。

"唉，这正是我曾经担忧过的最糟糕的结果。

"当初我无数次向陛下提出，可以派出进行监督的眼睛，但是绝对不要在裁决北方诸郡的官员和将领这件事上，直接插手干预。这只会令事情变得更为糟糕和难以收场。"年迈的元帅叹息道。他的神情显得无比忧伤和无奈。

"听说，这一次陛下突然间改变初衷和亨利侯爵的那件事有关。"克贝尔参谋长缓缓说道。

"前线那些家伙确实做得太过分，我甚至有些怀疑，他们是

出于什么目的，将魔族运到这里来。"老元帅愤怒地说道。

他重重地敲了一下窗台，以发泄自己心中的恼怒。

"这完全可以猜测出来，那些人是希望魔族出现在拜尔克附近，引起世人的恐慌。或许他们更希望借此让人们明白，正是他们的浴血奋战令所有人得以平安。

"从某种意义上来说，这并没有什么错。看看拜尔克城里的那些人现在在做些什么，想想前线那些牺牲的士兵，以及他们悲痛欲绝的家人，对此我完全能够理解。

"如果说，他们真正做错了什么的话，恐怕就是他们选错了盟友。国王陛下用'疯狗'来形容他们，平心而论，倒是相当贴切。

"在我看来，实在没有比老亨利更该死的家伙了，当初极力阻挠守护北方诸郡的人里面，他是最起劲的一个。他还千方百计削减军费，为了取悦长老院里那些支持他的人，将长老院历年积欠下来的一半烂账，都堆到了军费之中。

"此外，和他们混在一起的那些官员，同样也是一群该死的人渣。前线的那些白痴之所以喜欢这些人渣，想必是因为这些人渣未曾受到过陛下的嘉奖。

"但是，那些白痴根本就没有好好想想，这些人渣之所以没有受到嘉奖，是因为他们根本就没有值得嘉奖的地方。在上次的战役之中，他们反倒扯过士兵们的后腿。

"前线的那些白痴在这件事上倒是非常宽宏大量。我实在弄不明白，他们到底得了什么好处，现在还千方百计维护这些该死的人渣。"参谋长用异常尖酸刻薄的语调说道。

"是啊，现在想来，陛下的赏赐反倒成了祸端。如果当初不对任何人进行赏罚，或许前线的将士们还不至于这么愤怒。"老元帅叹息道。

"这正是最为麻烦的一件事，现在国王陛下偏偏派遣法恩纳利伯爵前往北方。他是这次军功奖赏之中，仅次于葛勒特侯爵的第二位功臣，再加上他和塔特尼斯伯爵所建立起来的联盟，前线的军官们绝对不会欢迎他。"参谋长轻轻地摸了摸下巴上的伤疤，说道。

"你应该看得出，这样的安排意味着什么。"老元帅无奈地摇了摇头，说道。

"是啊！陛下显然越来越不信任别人了。听说，安格鲁侯爵已被秘密处决。"参谋长忧愁地说道。

"这无疑是最危险的信号。国王陛下已经拿起了恐怖之刀、强权之刃，随着不信任的感觉越来越强烈，陛下会将他手里的武器攥得越来越紧。"老元帅皱紧了眉头说道。

"那个'国务咨询会'不就是最危险的警告吗？看看参加的成员，都是一些什么样的货色。"参谋长说道。

老元帅只能够报以苦笑。

"那三个女人想必是'国务咨询会'真正的核心。

"不过传闻之中，那位格琳丝侯爵夫人是个相当厉害的角色。听说法恩纳利伯爵和塔特尼斯伯爵之所以能够在长老院和内阁之中站稳脚跟，老亨利之所以会被他以往的盟友彻底抛弃，完全是她一手造成的。"参谋长摸着伤疤说道。

"这我早就知道。别忘了，里奥贝拉侯爵是我最好的朋友之一，我曾经是他们家中的常客。那时候我便已注意到，格琳丝侯爵夫人是个不简单的女人，她总是给我一种无法看透的神秘感。"老元帅说道。

"这位侯爵夫人的名字，同样出现在名单上，或许这更能够

说明陛下对别人已越来越缺乏信心。也许在他眼里，孤家寡人一个的道格侯爵同样不可信任，只有王后的密友才能够获得他的相信。"参谋长说道。

"也许吧，不过这仅仅只是你的猜测。同样也有可能，陛下确实希望格琳丝侯爵夫人能够有所作为。

"我有种预感，她是个和她前夫一样高明和难缠的对手。"说到这里，老元帅皱紧了眉头，"除此之外，我注意到名单上的另外一个人，也许他同样是格琳丝侯爵夫人前往北方的原因。

"你应该听说过，侯爵夫人和塔特尼斯家族幼子的关系。"

"知道，这是拜尔克谈论得最多的话题之一。"参谋长淡然地笑了笑，说道。

"对于塔特尼斯家族的幼子，我一直非常注意，事实上我对于他的关注超过对他哥哥的关注。"老元帅用凝重的语气说道。

"在这件事情上，你好像和葛勒特侯爵一样。"参谋长说道。

"我对一件事情非常担忧。'国务咨询会'并不令我感到害怕，不过我担心，塔特尼斯家族的幼子，才是国王陛下手中紧握着的那柄真正的屠刀。"老元帅仿佛突然之间苍老了许多，他显得异常凝重地说道。

"我一直怀疑，你和葛勒特侯爵隐藏了一些秘密。"参谋长眯缝着眼睛，看着老朋友说道。

"是的，我现在必须将这件事情告诉你。一旦我发生了意外，就得由你来压住军官们，绝对不能让军官们太过冲动，那只会令陛下毫不犹豫地挥落手中的屠刀。"老元帅缓缓说道。

参谋长坐直了身体，等待着一直想要知道的答案。

"塔特尼斯家族的幼子，或许会成为死神，如果他奉命展开杀戮，没有人能够逃脱性命。因为他在前往蒙森特郡的半路上，

接受了圣堂武士的传承，更因为魔族的出现，令传承的仪式受到了干扰，因此，他拥有许多不为人知的特殊能力。

"不过，葛勒特将军曾经说过，最为强悍和可怕的是他的力量——如同弩炮一般追求极端的强劲力量。"老元帅郑重其事地说道。

"如此说来，他根本就不受圣殿的控制。"参谋长神情严肃地说道。

"是的，一个不受圣殿约束、听命于国王陛下的圣堂武士。"老元帅回答道。

此刻在圣殿之中，系密特正挥舞着双臂，只有咻咻的破空之声能够证明，他的手里正握着武器。

"感觉怎么样？"旁边的大长老问道。

"看不见刀刃的感觉非常奇特，我仍然不熟悉这样的战斗。"系密特皱紧了眉头，他的记忆之中，确实没有这种战斗方式的存在。

他停下了手里的舞动，那两柄弯刀终于显露出踪迹。

此刻这两柄弯刀看上去就仿佛是两块晶莹剔透的弧形水晶，只有锋刃的地方，能够看到淡淡的一抹亮银。

"你会发觉它对你非常有用，特别是当你遇到魔族的时候。"波索鲁大魔法师插嘴说道。他的脸色显得很差，好像没有睡醒的样子。

"对了，我得告诉你一件事情，刚刚陛下在内阁会议上做出决定，组成第二支特别调查团前往北方。调查团的团长是法恩纳利伯爵，格琳丝侯爵夫人将随团同行。你的名字同样也在名单之上，虽然只是在不起眼的位置。

新的魔族

"不过我们相信，陛下肯定会赋予你一项特殊的使命。事实上，我们一直都非常清楚，在'国务咨询会'之中你扮演什么样的角色。我和大长老并不打算对你指手画脚。

"我们只希望，你能够谨慎地行使国王陛下赋予你的权力，眼下的敌人毕竟是魔族，而并非是那些心怀不满的军人。除此之外，我和大长老还有另外一个使命，希望你接受。

"最近我刚刚发现，在特赖维恩西北方一百五十多公里的地方，有异常聚集在那里的魔族。我、大长老和教宗都非常怀疑，那是否只是上一次战役溃败后所剩余的魔族残部？

"为此，我曾经两次操纵我的空中眼睛，前往那个地方调查，但是每一次都以失败告终。聚集在那里的魔族之中，有数量相当惊人的飞行恶鬼。

"为此，大长老也调配驻守在特赖维恩的圣堂武士前往调查，但是仍旧以失败告终，圣殿甚至牺牲了两位力武士大师。

"我和教宗非常希望你能够接受这个使命，前往那片森林，调查那些异常聚集在一起的魔族。

"当然我非常清楚，这个使命有着极度的危险性，没有人会强迫你，你并非一定要接受。"年迈的老魔法师轻轻地抚摸着系密特的头顶，用极为温和的语调说道。

"您对于那些异常聚集的魔族是否有所猜测？"系密特立刻问道。

"是的，我们三个人确实对此有所猜测，讨论下来的结果令人感到不安。

"在古埃耳勒丝帝国遗留下来的记载之中，曾经发现过有关魔族巢穴的记载。记载中提到，在魔族的攻击变得极为猛烈之前，同样也有过一段平静的时期。记载虽然残缺，不过仍旧能够让我们看到一个大概的轮廓。

"在那段平静时期将近终结时，魔族开始展开小规模的聚集动作。最初埃耳勒丝人并没有对此感到担忧，但是当军队开始对其中一处魔族聚集地发起攻击时，却赫然发现，魔族已在那里建立起城堡一般的基地。

"那场彻底失败的攻击同样也是魔族全面战役的开始，更是人类大崩溃的源头。从那之后，源源不断的魔族士兵铺天盖地出现在人类世界的每一个角落。"波索鲁大魔法师说道。此刻的他显得忧心忡忡。

"如果是这样的话，我愿意接受这个使命，不过，这是否已经太迟了？"系密特忍不住问道。

"也许我们还来得及。我和教宗一直密切关注着魔族的动向，除了那个魔族异常聚集的地方，我们还不曾发现魔族向其他地方派遣军团。"波索鲁大魔法师用肯定的语气说道。

这令系密特稍稍感到放心，他可不希望再一次看到被魔族士兵团团包围的景象。

第一次从魔族的包围之中冲杀出来，或许能够令他感到兴奋和自豪，但是如果第二次这样做，他绝对缺乏兴趣和信心。

"我会让斐雷特圣堂全力给予你帮助，那里的几位大师你都认得，想必不会有任何问题。"大长老郑重其事地说道。

"不，我情愿一个人独自行动。对于特赖维恩我有所了解，那里四周布满崇山峻岭，却很难找到河流和小溪，如果其他人无法隐藏身形，他们不但难以成为我的援助，反而会暴露我的行踪。"系密特直截了当地说道。

"我的提议永远有效。我相信，即便你在特赖维恩之行中用不着圣堂的帮助，在蒙森特和北方郡省，你还会有需要圣堂帮

忙的时候。

"我必须告诉你，系密特，圣堂并非如你想像中那样呆板不知变通，我们同样懂得策略，也会适时进行交易。"大长老微笑着说道。他的眼睛中露出了一丝狡黠的目光。

"我会这样做的，不过您尽管放心，虽然我从来不承认自己是一个圣堂武士，但是我始终认为自己所传承的是盖撒尔大师的意志和精神，我绝对不会做有损于圣堂的事情，更不会将圣堂引入令人唾弃的仇恨和屠杀。"系密特郑重其事地说道。

"你的话令我感到欣慰。我也非常信任盖撒尔大师，我相信他的眼光，他绝对不会将危险引入圣堂。

"既然他让你传承了他的力量，或许他在生命的最后时刻，已超越了我们所有人而看到了未来的景象。那是传说之中圣堂武士所拥有的最高境界的能力——和诸神互相沟通的能力。"大长老缓缓说道。

"对圣堂的力量了解得越多，我便感到越发惭愧。我非常希望能够在离开拜尔克之前，尽可能获得您的指点。"系密特诚恳地说道。

"我已经没有什么能够指点你的了，事实上，我和各位长老们给予你的指点反而限制了你的成长。

"你和我们截然不同，正因为如此，你肯定拥有一条只适合你自己的道路。从现在开始，你应该极力搜寻那条属于自己的道路。你的力量就隐藏在你的意识深处，只有你自己能够将它们完全挖掘出来。"大长老叹息了一声，说道。

"我同样对此充满了期待。"旁边的波索鲁大魔法师也笑着说道，不过他显然更多是带着好奇的心态。

"大长老陛下，如果证实了魔族已向外进行扩张，您将会怎样应对？我又该做些什么？"系密特继续追问道。

"一旦证实特赖维恩附近的确是魔族向外扩张的基地，亚理大魔法师将会知道如何应对。我已告诉他所有的详情，而且我一直和他保持着联络。

"不过，十有八九还得麻烦你，无论如何，你都将是作战的主力。或许我们首先会攻击那个基地，从而获得更多对魔族的了解和认知，特别是有关魔族基地的信息。

"埃耳勒丝帝国遗留下来的有关这方面的记载实在太稀少，毕竟当他们发现魔族基地时，魔族已开始了全面的进攻。"波索鲁大魔法师叹息了一声，说道。

"这是我的荣幸。"系密特说道。这倒并非是虚妄之辞，能够肩负起拯救人类的使命，确实令他感到异常兴奋。

"对了，波索鲁大魔法师，你涂抹在我武器上的这种药剂，是否同样能够做成一件衣服？

"我想，穿着它肯定会比现在这件东西有效得多，而且想要隐藏身形也并不困难，只要急速飞奔就可以了。

"在我看来，这比脑子里始终想像着树木或者物品要容易许多。"系密特忍不住说道。

"你可以试试，不过这种药剂涂抹在体积越大的东西上面效果越差，而且总会有一两个方向无法被彻底隐藏起来。

"几个世纪以前这种药剂就已发明，最初的设想就是为了打造无法看见的士兵，但是这些致命的弱点令研究出它的魔法师们感到失望。"波索鲁大魔法师笑着说道。

"为什么不用另外一种方法来弥补第一种方法的不足？在我看来，需要隐藏身形的仅仅只是正面，没有人会用后背朝着敌人，并且试图接近他。"系密特继续说道。

"这也许能够办到，那就用不着制造全副铠甲，只需要一面盾牌便能够做到。"波索鲁大魔法师有些兴奋地叫了起来。

"或许，还可以集中施展魔法，用不着让每一个操纵盾牌的人都拥有驾驭魔法的能力。"

这位大魔法师的思路一旦被拓展开来，便一发不可收拾。

"为什么以往的圣堂武士从来没有想到过这一点？"波索鲁大魔法师问道。

"这可能是因为盾牌对于圣堂武士来说，是相当陌生的东西。不过我相信在接下来的战役之中，圣堂武士也将不得不拿起盾牌。"旁边的大长老连忙解释道。他的语调显得有些感慨。

从圣殿出来，系密特径直回到了奥墨海宫。

正如大长老所说的那样，他刚刚踏进奥墨海宫的大门，宫廷侍卫立刻告诉他，至尊的陛下刚刚传唤过他。

和以往一样，系密特在伦涅丝小姐的小客厅里，见到了这位至尊的陛下。

"系密特，你到什么地方去了？"国王陛下微微有些不悦地说道。

"我在波索鲁大魔法师和圣堂大长老陛下那里，他们交付给我一个特殊的使命。"系密特立刻回答道。

陛下微微一愣。他确实未曾想到，他正要委派塔特尼斯家族的幼子执行重要使命，波索鲁大魔法师和大长老却已做出了安排。

虽然从心底里陛下非常痛恨自己的计划被别人打断，不过他同样也非常清楚，此时此刻，波索鲁大魔法师和大长老会让塔特尼斯家族幼子执行的使命，肯定和魔族入侵有关。

"他们赋予你什么样的使命?"陛下自然明白轻重缓急,立刻询问道。

"陛下,波索鲁大魔法师和大长老陛下是否告诉过您,北方的局势恐怕不太妙?

"在特赖维恩西北的群山中,发现了魔族异常聚集的迹象。波索鲁大魔法师和大长老陛下怀疑,那是魔族向外扩展基地的征兆。

"为了调查这件事情,圣殿已损失了两位圣堂力武士大师,而这一次,他们希望能够借助我的能力。"系密特详详细细地回答道。

听到这里,陛下紧紧地皱起眉头,不过与此同时,他的目光也一亮,显然想起了什么事情。

"大长老请你协助他肯定会给予你一些补偿,告诉我,他给了你什么样的职权?"国王陛下微微有些兴奋地说道。

"大长老陛下只是告诉我,在我需要协助的时候,可以任意支配驻扎在北方的圣堂武士。"系密特立刻回答道。显然他同样也非常清楚,国王陛下最希望听到些什么。

"这实在是太好了,我原本正在为这次交付你的使命太沉重而感到烦恼,现在一切都已经解决了。

"亲爱的系密特,我同样也要交付你一项使命。

"刚刚我在内阁会议上已宣布成立一支特别调查团,团长由依维出任,你应该对他非常熟悉。道格侯爵和密琪将作为副手和顾问,随团前往北方。

"你应该非常清楚,那里危机重重,不但有虎视眈眈的魔族隐藏在森林深处,更有许多居心叵测的将领和官员,打算以这空前的大灾难作为获取个人私利的筹码。

新的魔族

　　"这一次依维前往北方，就是为了铲除这些家伙，不过毫无疑问，这必然会令调查团成为那些家伙狙击的目标。

　　"因此，我命令你担任调查团的护卫官。原本我打算调拨给你一批王家骑士，现在你显然拥有了更加合适的卫兵。那些圣堂武士足以令任何人退缩，毕竟力量对比起来，相差极为悬殊。"国王陛下神情凝重而又严肃地说道。

　　系密特缓缓地点了点头，他非常清楚自己的职责和使命。

　　他将再一次前往北方，不知道那里又有什么在等待着他。

 ## 4 夏季暴雨

一道道青蓝色的霹雳，如同蜿蜒的蚯蚓一般迅速爬过天际。

云端里到处能够看到纵横交错的密布电网，黑压压的云层遮住了阳光，令大地仿佛变成阴森恐怖的九幽深渊。

和雷电伴随在一起的便是暴雨。雨水从云端倾泻而下，被肆虐的狂风席卷，显得更加迅猛而可怕。

道路在顷刻之间便化为一道河流。狂风吹拂着雨水，令这条河流显得汹涌迅疾。

两旁的树木被倾盆大雨压得只能低低地弯下腰，看上去一副不堪重负的样子。

突然间，一道闪电击落在树林之中。

亮丽的电芒立刻化作一片火光，不过倾盆大雨也在瞬息之间将巨大的火团彻底扑灭，就连那腾起的淡淡雾气，也在大雨的冲刷之下迅速消散开去。

这里是水的势力范围，天地间的一切都要服从水的支配。

道路两旁的斜坡，此刻就仿佛是瀑布一般，而那些低凹的地方眨眼间便化作了湖泊。

此刻，正有一队人被困在这瓢泼大雨之中。

新的魔族

　　坐在马车里面的人还算幸运，惟一的麻烦是那些从窗户和车门缝隙之中渗透进来的雨水，以及车厢里面浑浊而又令人窒息的空气。

　　但是外面的人却非常不幸，他们争先恐后地钻到车夫坐位底下的空档，那里是惟一可以避雨的地方。

　　还有一些人妄图支撑起帐篷，不过他们的努力在狂风暴雨的干预下，纷纷以失败告终。

　　甚至有人躲在马的肚子下面。他们和那些比他们更加不幸的牲畜一起，在寒风之中瑟缩发抖。

　　"噢，但愿一路上别总是遇见这样的鬼天气。"法恩纳利伯爵轻轻地擦了擦布满水汽的窗户玻璃，一边朝外面张望着，一边说道。

　　"没有办法，夏季的天气总是这样变化无常。"格琳丝侯爵夫人微笑着说道，"不过，我们已比别人幸运许多了，不是吗？"

　　"夫人，您想必有些惦记小系密特吧？实在没有办法，他的那辆马车是如此快疾，根本就没有人能够和那辆马车同行。"法恩纳利伯爵有些歉然地说道，"更何况，小系密特还负有其他使命。"

　　"不知道这场雨会持续多久，雨停了之后，我们是否能够继续前进。"一直没有开口说话的道格侯爵突然说道。

　　"我们的行程由父神控制，是否让我们继续前进，必须看他的意志。"法恩纳利伯爵故作幽默地说道。

　　不过他很快发现自己选错了对象，显然道格侯爵是个根本就不知道幽默是何物的人。

　　"我更关心的是我们是否会陷在这里。这里离图文特堡有三十八公里的距离，离沙宁罗更是有七十公里之遥。一旦我们被陷在这里，想要请求援助，恐怕都相当困难。"道格侯爵面无表情地说道。

"那么，您有什么建议？"法恩纳利伯爵问道。

"我仅仅只是指出最为糟糕的地方，解决难题并非我的专长。"道格侯爵不以为然地说道。

他这副模样令法恩纳利伯爵感到无奈。

"事情确实非常糟糕，但愿此刻的情景并不是预示着我们的这次使命将落入同样的困境。"法恩纳利伯爵重重地叹息了一声，说道。

无论是道格侯爵，还是格琳丝侯爵夫人都非常清楚，法恩纳利伯爵所感慨的到底是什么。他们也有同样的感觉。

这一次的北方之行确实困难重重，甚至能够称得上是危机四伏。

在北方那片土地之上，无论是地方官员还是军队，全都不能够信任，更谈不上依靠。而且，躲藏在那一张张冷漠的面孔后面的，无疑是憎恨和愤怒的眼神。

对于他们来说，北方领地是个充满敌意的地方，而且那些充满敌意的人手里全都拥有强劲而又锋利的武器。

"不知道我们会不会遭遇上魔族？"

法恩纳利伯爵试图改变话题。在他心目中，此时魔族或许比北方领地的那些军人更加和善友好。

"我可不希望遇到这样的事情，我们的使命已令我感到不堪重负。"道格侯爵不以为然地说道。

突然间，一阵尖叫声将他们的话题彻底打断。

众人将眼睛凑近窗口。透过雾气蒙蒙的玻璃窗，他们看到远处一个个高大魁梧的黑影正朝着他们急速掠近。

新的魔族

"魔族……是魔族!"

不知道是谁第一个发出了慌乱的吼叫,只见车队立刻一片混乱。

原本躲在马车底下的人蜂拥一般逃了出来,很多人冒着大雨跑进了树林里面,也有人顺着瀑布般的斜坡逃跑。

一时之间,就连车上坐着的三位,都显得有些慌乱起来。

正当所有人六神无主之时,突然间,一阵雷霆般震耳欲聋的声音响起。

"各位不要慌张,我们是奉命前来保护各位的圣堂武士。"

这一声呼喝令所有失魂落魄的人镇定了下来。

随之一片欢呼声响起,那些钻进树林的人重新跑了出来,但是那些顺着斜坡逃跑的人却遇到了麻烦。从上面顺着坡道滑下去确实轻而易举,但是想要再一次回到上面可绝对没有那么容易。

"我叫泰蒙,原本驻守在蒙森特。系密特是我的朋友,他曾经给予过我们很多帮助,因此,这一次我们听从他的请求来保护各位。"

为首的是一位老迈却精神矍铄的力武士大师。他径直走到几位大人物乘坐的马车前面,轻轻打开车门说道。

虽然瓢泼大雨从开启的车门缝之中涌进来,甚至打湿了车厢的地面,不过无论是法恩纳利伯爵、道格侯爵,还是格琳丝侯爵夫人,全都感到无比欢欣和庆幸。

此时此刻,实在没有比圣堂更能够信赖的力量了。无论是对于北方郡省的官员和将领们,还是对于隐藏在北部森林之中的魔族,圣堂武士都是现在所能找到的最强有力的保护者和守卫者。

"系密特是否和你们在一起?"格琳丝侯爵夫人忍不住焦急地问道。

她显然非常关心系密特的安危。尽管她早已经知道系密特的力武士身份,更知道系密特所拥有的奇特能力,令他比其他圣堂武士成员更难以受到魔族的侵袭,不过出于女人独有的母性情感,她仍然忍不住询问出来。

"他非常好,此刻恐怕已绕过括拿角进入了沙漠。以他的速度,只需要三天时间便能够到达蒙森特。"那位力武士大师回答道。

泰蒙大师并不知道,他说的根本就不正确。此刻系密特并没有来到括拿角,他同样也陷入了狂风暴雨之中。

之所以会这样的原因是,他在路途中遇到了一群人,一群他绝对未曾想到过会出现在这里的人。

当系密特遇到这群人的时候,他并没有注意到他们,不过有人高声叫喊着他的名字,这才引起了他的注意。

在这三辆破烂的大篷车为首的那辆上面站着一个少女,她拥有天使一般纯洁的容貌。不过系密特非常清楚,她的性情狡诈而又多变,就像是传说之中的妖精。

"你怎么没有留在拜尔克?"系密特忍不住问道。

"尊敬的塔特尼斯少爷,我必须承认,我与汉娜和米琳有所不同。她们已经厌倦了这种生活,而且,一种责任感驱使她们要为剧团之中的大多数成员负责,所以留在拜尔克自然是最好的选择。

"但是对我来说,最宝贵的无非是自由。我喜欢自由,渴望自由,绝对不打算回到没有自由的生活中去。"露希说道。

新的魔族

"这是你新加入的剧团?"系密特忍不住问道。

"是的。不过这个剧团没有汉娜她们的大,更没有什么名气。"露希说道。

"你们打算去哪儿?前方可没有什么繁华的城市。"系密特问道。他从地图上看到,从这里到括拿角一路上几乎全都是穷乡僻壤。

"我们打算前往北方,听说那里到处是军人。军人是最好的顾客,他们慷慨大方,只是有些粗鲁。"露希用充满挑逗的语调说道。

"难道你们不担心魔族?"系密特问道,"北方随时可能受到魔族的侵袭。"

"对于我们这些人来说,哪儿都一样。其他地方的生意实在难做,到处都是逃亡的难民,而那些生活还算富足的人,也正在为了将来而进行准备。

"我们已经走过不少城市,就连露希这样的美人儿也失去了魅力。"旁边驾驭马车的车夫笑着说道。不过他的笑容显得很无奈。

"我还是劝告你们,不要前往北方。"系密特不以为然地说道。

"塔特尼斯家的小少爷,或许你能够给予我们一些帮助,你是否愿意尝试一下我的美妙?你是否还记得,我第一次见到你的时候给予你的奖励?

"这一次你可以得到更多,只要你愿意。"露希说着,猛地一揭裙子。

"不,我急着要赶路。"系密特立刻拒绝道,"而且,我的年龄还太小。"

"噢，你实在太无情了。或许你更愿意得到一个情报，没有情趣的小东西。

"说实话，我们是被赶回来的，通往沙漠的道路已被彻底封锁。括拿角突然间来了一群非常神秘的家伙，他们好像谈论着要袭击一支车队。"露希轻描淡写地说道。显然她并没有认为这有多么重要。

"那些人看上去像不像是军人?"系密特立刻追问道。

他的慌乱引起了露希的注意。

"看来，这个情报对你非常重要，那么我们是否能坐下来，好好谈谈价钱?"露希立刻说道。她的脸上露出了妖精一般狡诈的笑容。

"告诉我实情，我尽可能给予你满足。不过我身上的钱不多，一切都得等到了蒙森特才能够兑现。"系密特连忙解释道。

"噢，延缓付账是要加利息的。"露希说道。她的话立刻引来了一阵哄然大笑。

"好吧，随你的意，告诉我想要知道的事情。"系密特无奈地说道。

"到车上来，我们可以好好谈谈。"露希说道。

系密特早已见识过巡回剧团的大篷车，只有住惯了的演员们才会不在乎它的拥挤和狭小。

露希的床铺或许是最干净的一张，至少床单上没有破洞。而其他的床单全都千疮百孔，显然这个剧团要比汉娜的剧团艰难许多。

此刻，狭小拥挤的大篷车上挤满了人，这些人并非只是凑热闹，她们每一个人都竭力拼凑出自己所知道的那部分。

新的魔族

　　不过，对于系密特最有帮助的，还是那个管道具和背景的演员，他在海报背面画下了几个人的面孔。

　　虽然按照他的想像，这些人都被描绘得满脸横肉、气势汹汹，不过系密特还是从中认出了一张熟悉的面孔。

　　"我认得这个人，他是不是穿着一双非常漂亮的皮靴?"系密特问道。

　　"噢，何止是皮靴，这个家伙浑身上下全都是高档货! 他看上去就像是一个有钱没处花的阔佬，对于那些高档货色，好像从来不精心打理一样。"露希不以为然地说道。

　　"那么，他正是我认识的一个人。"系密特淡然地说道。

　　他回忆起塔特尼斯家族准备离开蒙森特前往拜尔克的前一天，他按照哥哥的吩咐，去酒吧寻找担当保镖的佣兵。在拥挤嘈杂的酒吧中，他遇到的这位专门做着黑暗勾当的高个子佣兵头领。

　　显然，自从他们离开蒙森特之后，这个家伙变得更加堕落了。

　　不过，系密特始终记得笛鲁埃曾经说过，这个家伙非常小心谨慎，从来不愿意做没有把握的事情。

　　难道是贪婪和欲望，令他变得越来越胆大? 还是这位先生确实有着十足的把握?

　　"对了，我看到有人好像在靠近大路的山坡上挖什么东西，那些家伙准备了很长的绳索和一张很大的网兜。"突然间一个人说道。

　　他的话立刻引起了系密特的注意。

　　最近这段日子以来，他从猎手亨特那里获得了很多有关陷阱的知识，他几乎立刻便想到，这位谨慎小心的先生之所以显得胸有成竹，或许正是因为那些陷阱令他感到放心。

系密特丝毫没有兴趣去破解那些陷阱。从亨特那里他知道一件事情，那便是用陷阱算计别人，要远比提防别人用陷阱算计自己容易许多。

正当系密特打算继续询问下去的时候，突然间，一声低沉而又凶猛的雷声在头顶上响过，紧接着又是一连串的雷声轰鸣而来。

"快收拾大篷车，雷雨马上就要来了。"突然间有人叫了起来。每一个人都朝着大车两边的缺口涌去。

一时之间，所有人都乱作一团，不过虽然凌乱，却没有人显得慌张。

只见拉车的马匹被牵到了正中央，三辆马车将它们圈在里面，系密特的马车也一起被圈了进来，他的那些纯种良马倒是非常合群。

一张巨大的油布被撑了开来，笼罩住所有的马车，油布的边脚被牢牢地绑在大车的外侧，不过这张巨大的油布同样也是千疮百孔。

还没有等到众人做好准备，大车还未用交错的绳索固定住，铁桩钉也还没有被打进泥土之中，猛烈的暴雨已然倾盆而下。那些最为不幸的"苦力"，只得冒着豆大的雨点，继续他们的工作。

夏季的暴雨偏偏冰寒彻骨，不一会儿，在风雨之中工作的人便抱着肩膀哆嗦起来，不过他们还得结束他们的工作。

而躲到油布底下的演员们也不轻松，有的人手里拿着小块油布，有的则拎着吊桶，捧着脸盆，她们得设法堵住四处渗漏的雨水。

新的魔族

经过一番手忙脚乱，里面虽然还像是下小雨一般到处能看到一条条水柱，不过显然要比外面好很多。

一阵欢呼显露出众人此刻的心情，显然对于这些人来说，用不着在暴雨之中战栗发抖，已经是值得庆幸的一件事情。

"这场暴雨什么时候能够结束？"系密特忍不住问道。

"结束？"

黑暗之中传来了众人的哄笑："只有父神知道。也许就在一个小时之后，也许得整整一个星期。"

"放心好了，你可以和我睡在同一张床上。这是给予你的优待，同样也是继续上一次的奖励。"

黑暗之中，传来了露希充满挑逗的声音，令系密特感到惊讶的是露希显然能够看到自己。

外面是隆隆的雷鸣和暴雨冲刷地面的哗哗声响，系密特和那个只比他大两三岁的女孩儿挤在一张床上。

他们身处于另外一个世界，那个世界充满了激情和美妙。

"你是属于我的，至少在这一路之上。"露希突然间凑到系密特耳边说道，那轻轻吹拂的气息令他感到有些痒痒的。

"难道你打算离开剧团？"系密特问道。

"为什么不能？我从来不属于任何人，也从来不听从任何人的控制；我完全是自由的。"露希不以为然地说道。

"自由？刚才听你所说的那番话，你以往的经历好像并非完全自由。"系密特追问道。

"是的，我以往的生活如同牢笼。或许其他人愿意忍受这一切，并且为此而沾沾自喜，但是我却不愿意忍受那样的生活。

"我可以告诉你，我的身份丝毫不比你低下。露希这个名字是修道院院长嬷嬷替我取的，我还拥有另外一个显赫的名字。"露希说道。

"噢，露希又在说她的故事了，我相信这里的每一个女人都拥有这样一个故事。"旁边的一位客人突然间插嘴说道。

"是啊，我们的公主，她是一位真正的公主。"远处又传来另外一个人的声音。

风暴既没有在一个小时之后结束，也没有持续整整一个星期。当风暴结束的时候，系密特甚至有些留恋起这场风暴来了。

在这场风暴之中，他度过了一段非常美好的时光。虽然他也曾经体验过同样的美妙，不过却从来没有品尝过如此疯狂而又刺激的味道。

系密特有些开始相信，露希确实如同她所说的那样，是个贵族千金，因为她做了一件以往沙拉和玲娣还有自己母亲最喜欢做的事情。

看着自己重新回到洋娃娃的样子，系密特感到有些好笑。不过他同样也非常清楚，真正感到好笑的，是大车上面那些巡回剧团的演员们。

令系密特感到惊诧的是，露希•和这些人分手的时候，竟然没有人挽留，也没有人站出来刁难。虽然所有人的脸上都显露出失落的神情，不过他们仍旧朝露希微笑挥手。

"这是巡回剧团的规矩，自由自在，没有悲伤，没有遗憾。"露希看出了系密特心里的想法，她笑了笑说道。

加快速度，系密特追赶着因为暴风雨而耽搁的时间。

此时，最令他感到急切的，便是那些伏击者。

既然伏击者由那位以小心谨慎闻名的先生率领，那么毫无

疑问，前方已经布置好致命的陷阱，等待着调查团的到来。

系密特非常清楚，拥有足够的时间进行布置将令陷阱变得何等天衣无缝，飘浮飞舞的沙尘将掩盖一切人为的痕迹。而系密特猜测，伏击者在半山腰挖掘，是打算人为制造滑坡。

即便力量超绝的力武士也没有办法抵抗那因为自然规律而产生的巨大威力。人力毕竟有限，而自然界却拥有着无穷无尽的力量。

"你有必要这样匆忙吗？如果我们没有躲过这场暴雨，前面的那些家伙现在恐怕和我们一样狼狈，他们十有八九得重新布置陷阱。"

"你看看四周布满水塘的样子，你难道会一脚踏进那些水塘之中？"露希不以为然地说道。她压低了身体，躲在坐位前面的横栏底下——那里是惟一能够挡风的地方。

"你说你是个贵族，能否告诉我你的真实姓名？"系密特问道。

"你信以为真了？呵呵呵，那只是逗你玩玩的。如果我真是尊贵无比的千金小姐，怎么可能做这种工作？更别说离家出走，而且还是现在这样的年纪。"露希笑着说道。她因为自己的恶作剧成功而感到高兴。

"你和汉娜小姐、米琳小姐是怎么认识的？"系密特继续问道。此刻他只希望露希不要制造麻烦。

"她们到我的故乡演出，我喜欢她们的表演，本来打算到后台向她们祝贺，没想到正好看到她们在进行那种工作。

"刚开始我极度震惊，实在无法想像在舞台上光彩照人的她们，私底下竟然进行如此阴暗的勾当。

"她们在我的故乡逗留了将近一个星期，我几乎整天都去偷看她们。一开始的时候，仅仅只是好奇和一点点恶作剧的心理，但是后来却越来越沉迷于她们的生活。

"我突然发现，剧团里面的人并不是完全为了金钱而出卖自己，虽然对于大部分顾客，她们并非很喜欢，不过至少也不讨厌。

"那些令人厌恶的顾客，即便愿意出再多的金钱，也没有人会搭理他们。除非那个家伙显得特别可怜，令米琳这个傻瓜心软。

"看着她们的生活，我越来越感到羡慕。最终我跟随着她们一起出发，直到遇上了你这个灾星。"露希笑着说道。

"那么你的家乡又是在哪里？你不打算回去看看亲人吗？"系密特问道。

"哈哈，你又上当了！

"我的故事很多，你是否打算一个接着一个听下去？我永远不会让你感到厌烦——除非你厌烦了总是上当受骗。"露希再一次大笑起来。

这一次，系密特的心里感到有些郁闷。显然他有一种给人要弄的感觉，而这种感觉确实糟糕透顶。

"生闷气了？真是一个小孩，让姐姐来哄哄你，你会感到非常开心的。"露希回头笑了笑说道。她的脸上天使般的神采多过妖精的狡诈。

不过她的举动却一点都不像是天使。

一切都在这位小姐的主导之下，她的动作是如此轻柔，确实像是一个关怀备至的姐姐。

这场浪漫之旅在系密特看到远处的一座山头时终止了，他

有些恋恋不舍地和露希姐姐分开。

　　系密特将马车隐藏在旁边的林子里面。用那件奇特的外衣将自己全身上下完全覆盖，然后飞身连连，纵越一棵棵紧紧挨在一起的大树，他丝毫没有沾染到任何水迹，便已来到了林子外面。

　　系密特看了一眼身旁的一株月桂树，绿色的枝叶从他的衣服缝隙之中伸展出来，不一会儿便覆盖了他的全身。

　　这是他第一次实际使用这种本领，不过，一株会走路的月桂树，显然并不能够令他隐藏身形。任何一个看到他这副模样的人，都会毫不犹豫地挥起手中的武器。

　　将一团如同纱巾一般的东西披裹在自己身上，这才是他真正的秘密武器。

　　系密特如同劲急的箭矢一般朝着远处射去，那道已经有些坍塌的斜坡便是他的目标。在坍塌的斜坡旁边，有两个晃动的人影正在忙碌着。

　　山坡上方有一道低矮如同篱笆一般的灌木丛，矮小灌木的树根早已被刚刚过去的那场暴雨冲刷得松动了。

　　系密特小心翼翼地隐身在灌木丛中。他再一次朝着四周扫视一眼，然后弯下腰和四周的灌木保持同样的高度。他身上那些伸展出来的月桂树枝，慢慢地变成和旁边一模一样的灌木。

　　"这场该死的雨把我们两天的辛苦工作全部毁掉了。"

　　"算了，又不是你一个人白费功夫，钢锁他们挖的大坑现在灌满了水，他们得将水全部排干，恐怕远比重新挖那些坑要麻烦得多。"

　　"你说，这样我们还来得及对付那支护卫队吗?"

　　"头儿不正为这件事情着急吗? 这次可是一千多万金元国

债，如果能够得手，将来的日子就用不着发愁了。你想想，每一个人可以分得多少？实在没有比这更加诱人的了。"

"只是不知等到了我们手里，还会剩下多少。"

"你傻了？自己凭本事抢啊。到了那时，谁还能管得了你往口袋里面塞多少钱？"

"对啊！你说得一点不错，不过头儿恐怕不会轻易放过我们吧。"

"头儿？难道他还能在这里混得下去？这件事情过后，他肯定得跑得远远的。北方诸郡绝对不可能再待下去了，他哪里还有工夫来管我们？"

"难道你不担心，他先灭了我们吗？"

"那时候谁还会听他的？有那样的傻瓜吗？这次恐怕是最后一笔买卖了，抢到多少是多少，反正我打算和其他人分道扬镳。"

"你说得不错，不过我们能够带走多少钱？"

"但愿是大面额债券，那样的话，一千万金元国债也只有巴掌宽的一叠而已。如果是金币就有些麻烦了，有多少就装多少吧。

"最不幸的，恐怕就是契约形式的通兑券了，如果是那样的话，我们就算是白干一场了。"

"恐怕大面额债券也会非常麻烦吧？那上面有号码，兑换处只要一查，肯定不会兑现，反而会招来执法官。"

"谁会去兑换那些债券？到南方港口找那些外国商人买他们的货物，用债券支付货款，只要不是太较真的家伙，肯定会愿意接受的，到了那个时候，弄条船带着货物走人，或许还能小赚上一笔……"

　　系密特听着这两个人一边挖掘着陷阱，一边在那里谈论着他们的计划。对于他来说，这早已不是什么陌生的事情。当初，他在那座被贪婪之徒盘踞的小镇上，早已见识过这种尔虞我诈的行径。

　　看着偏离了原本勾画出来范围的陷阱，系密特立刻便能够猜到，当磨盘大小的石块从山坡上倾泄而下的时候，谁将是受创最为沉重的一方。这种将敌人和盟友一起埋葬的做法，系密特已不是第一次见到。

　　他非常清楚，根本就用不着亲自出手。因为他刚才就已发现，一道人影正悄悄地靠近这里。系密特那敏锐无比的眼睛，已看到了这个行踪诡异的人手里拎着把弩弓。

　　那是一把轻质弩弓，用来对付魔族恐怕不会有多少用处，不过对于相对脆弱得多的人类来说，却无疑是一件极为致命的武器。

　　系密特静静地看着这个人躲进旁边的一片灌木丛后面，潜伏在一旁偷听两个背叛者的谈论。

　　正如系密特所猜想的那样，他看到了窃听者无声无息地拉开了弩弓。

　　这是一支三连发的弩弓，系密特自己也拥有一把，可惜被遗忘在奥尔麦森林别墅的地下室里。

　　三支雀矢被扣在弩槽之中，扁平的尖端散发出冷森森的寒光。

　　系密特知道，这种身杆纤细如同麦梗一般的箭矢并不具有多大威力，虽然射击精准却绝不合适用做凶器。

　　嘣的一声轻响，随着扳机的扣动，那尾雀矢极为轻巧地射了出去。

根本就来不及做出任何反应，甚至连惨叫声都没有发出，远处一边挖掘着陷阱，一边交谈着的那个比较有主意的家伙，便一头栽倒在他刚刚挖掘好的坑洞之中。

系密特清楚地看到，那支箭矢正插在那家伙的太阳穴上。没有多少威力的雀矢，因为它的精准而变得致命。

原本躲在灌木丛里面的人，并不打算继续躲藏下去，同样他也没有射出另外一支箭矢的打算。

事实上，那突如其来的一箭已经起到了震慑的作用。

那个还活着的家伙不停战抖着，仿佛赤身裸体地站立在严寒冬季肆虐的狂风之中。

"头儿叫我照看你们这些家伙，看样子，他的担心一点没错。"那个人悠然地说道。手里的弩箭擎向天空，脸上带着温和的微笑，仿佛正在和好朋友打招呼似的。

"你该感到走运，我选择了那个家伙，而不是将你当成靶子。实际上，你们两个同样该死。"

那个人用极为温和的语调，说着令人感到毛骨悚然的话语："你得感谢我的宽宏大量，加快你的工作，顺便把马比埋了。这种天气他很容易发臭的。"

在死亡的威胁之下浑身战抖的人，立刻毫不犹豫地挥动手中的铁锹，恨不得将工作马上做好。

系密特从来没见过如此卖力工作的人，显然生命威胁会令人发挥出所有的潜能。不过他却多多少少能够猜到，这位卖力工作的先生即将得到的下场，那还未曾取下的箭矢足以印证他的猜测。

正因为如此，当他看到远处那个人将最后一块岩石搬进坑里，并且将铺垫在最底下的那张网兜支撑好，露出一脸欣慰的

笑容时，系密特感到有些遗憾和无奈。

又是嗖的一声轻响，另一支雀矢震颤着钉进了那个人的咽喉。

在临死之前，那个人睁大了眼睛，眼前这一切远远超出他的想像之外。不过他已没有时间弄明白任何事情，就翻身栽倒在乱石之中。

"辛苦你们俩，我该回去复命了，但愿这个坟墓对你们还算合身。"那个手持箭弩的人露出残酷的微笑说道。

他缓缓地转过身去，仿佛正要翻过那丛灌木，但是突然间猛地一个转身，将箭矢对准躲藏在灌木丛中的系密特，又是一枚致命的箭矢射了出来。

这枚突如其来而又精准无比的箭矢，对于普通人无疑极为致命，不过要用来对付圣堂武士显然还差得远。

不过，系密特确实被吓了一跳，幸好他的反应已经超过他的理智。

轻轻地一抬手，将那枚箭矢紧紧地攥在手里，系密特知道自己再隐藏下去也没有用，既然身形已暴露，不妨采取正面突击。

来自奇特魔族的强健肌肉赋予了他闪电一般的速度，而最近这段日子以来，系密特从大长老那里得到的最多指点便是如何发挥速度的妙用。

正因为如此，系密特的身形丝毫不亚于飞射而出的箭矢，而他的右手早已放在右侧腰际那把弯刀的刀柄之上。

没有什么声息，宛如一阵清风轻轻掠过，只有被风吹过的灌木丛轻轻地荡漾着绿色的叶片。

突然间，一片血雨飘射而起，在血雨弥漫之中，两片人形一左一右朝着相反方向缓缓倒下。

同样断成两截的还有那把弩弓，弓臂被整整齐齐地分成两半，只有弓弦仍旧相连。

将弯刀轻转半圈，弯刀准确无误地插回了刀鞘之中。

系密特回转身来，站立在左右两分的尸体旁边。他弯下腰将系在那人左侧腰际上的箭囊摘下来，挂在自己的腰上。

这些轻盈精巧的雀矢无疑是非常有效的武器。圣堂武士对于任何作战的技巧都拥有极为高超的学习能力，而这位总是微笑着的冷酷杀手，刚刚给他上了一堂非常有用的课程。

系密特原打算悄悄地跟在这个笑脸杀手身后，现在线索已经断了，这令他感到有些无奈。

尽管他可以抓个活口，不过擒住这个杀手之后，仍旧得靠严刑拷问来得到他所需要的情报。

自从在法政署的刑讯室里，见识过伦涅丝小姐的情敌凄惨悲哀的景象之后，系密特一直感到深深愧疚，即便拥有这样的想法都令他感到太过残忍。所以，他宁愿选择直接而又干脆的做法。

值得庆幸的是，暴雨的积水仍未退去，地面和山坡充满泥泞。而在湿润的泥土上搜寻足迹，本来就是他熟悉的技巧。

只不过，以往他是依靠这种能力来搜寻森林之中的猎物，此时所需要找寻的却是比豺狼更加凶残狡诈的恶徒。

括拿角是一个非常奇怪的地方。

北侧连绵起伏的山脉阻挡住了从南方吹拂而来的充沛雨水，这里树木茂密，充满了郁郁葱葱的绿色。但是山脉的西侧却突然间断开来，一道落差将近三十米的地垄横亘在绵延无际的旷

野之上。

这一边是郁郁葱葱充满生机的土地，而那一边则是光秃秃、只能够看到零星灌木的荒原。

一缕淡淡的青烟在荒原深处冉冉升起，青烟之中飘荡着诱人的香气。

在篝火旁停着围拢成一圈的大车，不过拉动这些大车的并非是马匹，而是在沙漠之中行进自如的骆驼。

篝火旁坐着两拨人。

其中一拨人系密特非常熟悉，那正是他此时寻找的目标。

而另外一拨人身着白色的直筒长袍，甚至连面孔都被严严实实地遮盖了起来。他们的头上包裹着巨大的盘状红色头巾，手里握着细长的刺枪。不过更为醒目的，无疑是他们斜挎着的弯弓，那是远比弩弓更为有效的武器。

虽然这些人不像力武士那样高大魁梧，不过他们看上去依然健壮优美得异于常人。

这些人——系密特仅仅只是曾经听说过——是居住在沙漠之中的异族。

他们是沙漠的子民，荒芜的土地便是他们的国度。不过在系密特的记忆之中，这些沙漠之民很少靠近丹摩尔边境，因为对于丹摩尔人来说，他们总是不受欢迎的。

这些沙漠的子民被视为强盗和小偷，而他们所信奉的神灵——莫拉，更是被丹摩尔人视为魔神，那是个和黑暗女神玛兹一样，令人感到恐惧和战栗的可怕神灵。

而此刻这些身穿长袍的沙漠之民，正双手朝上高举，仰脸望着天空，嘴里念念有词。远远传来一阵令人感到神秘莫测的吟诵声，仿佛是在为了什么事情而祈祷着。

　　系密特沿着高耸陡峭的悬崖悄悄地溜了下来，小心翼翼地朝着营地摸去，他可不希望踩到隐藏在沙堆里面的陷阱。那只半个身体被猎夹卡住，已经奄奄一息的岩羊，无疑是最好的警告。

　　从猎手亨特那里学来的技巧再一次发挥了作用。系密特虽然无法将所有的陷阱都分辨出来，却能够找到安全的地方下脚。

　　将身体压得极低，系密特几乎紧贴着地面爬行着，看上去就仿佛是一个缓缓朝前移动的沙丘。

　　青烟夹带着阵阵浓郁的香气朝他飘了过来。这里正处于下风，系密特之所以这样做是因为在历代力武士的记忆之中，拥有关于这些沙漠之民的认识。

　　沙漠之民除了自己的部族，只相信两个朋友——他们的骆驼和猎狗。

　　系密特知道，虽然自己能够瞒过大多数的生物，甚至包括在黑暗之中也能够清清楚楚看到东西的奇特魔族，但是却无法躲过狗那灵敏异常的鼻子的追踪。

　　突然间，一个黑影从大车后面窜了出来。

　　这是一头身躯壮硕、修长的短尾猎狗。猎狗显然注意到了什么，高声狂吠起来，不过它好像也知道，这片沙漠埋设着许多致命的陷阱，丝毫没有奔过来的意思。

　　狂吠声惊动了所有人。

　　那些曾经是佣兵、此刻却已堕落为匪徒的家伙纷纷围拢过来，他们极力远眺，想要找出令猎狗狂叫不已的原因。

　　不过他们显然并不熟悉这片一望无际的沙漠，仅仅注意到那头被猎夹牢牢夹住的岩羊。

　　一阵骂骂咧咧之后，匪徒们纷纷散了开去，有人甚至开始

不耐烦那刺耳的狂吠声。如果不是因为猎狗过于凶悍，或许他们早已经用自己的办法让猎狗闭上嘴巴。

猎狗非比寻常的狂吠同样惊动了沙漠之民，不过他们并没有围拢到前方，反而神情显得异常警觉，并且操起了手中的刺枪。三米多长的刺枪倾斜着被举到肩头，巨大的头巾也已被摘下，没有人会想到，那居然能够被当做盾牌来使用。

一个沙漠之民跳上大车的车篷，朝四周扫视了一眼，便已感觉到异常。

只见他飞快地从车顶上跳下来，跑到一个身材矮小的人身边，轻声耳语了一番。

那个身材矮小的人显然微微一愣，不过他立刻做出一个异常奇怪的举动。只见他双手撑地，突然间倒立起来，两只手和头顶形成一个稳定的支点，令他的身体像是一根木桩般牢牢地钉在了地上。

除了那些沙漠之民外，其他人对于这个奇特的举动全都感到不可思议，不过他们并不打算冒犯这些和他们完全不同的异族人。这几天的相处，已令他们对于一切都见怪不怪。

那些佣兵绝对不会想到，有人却不这样看。此刻系密特正在犹豫，是否应该立刻发起攻击，因为他的身形已经彻底暴露。

那个头顶着大地，用奇怪的姿势倒立着的沙漠人，此时正面对面地看着他。

一个倒立着的人，盯着另外一个趴在地上的人，这副景象非常滑稽，只不过没有人能够看到眼前这一幕。

正当系密特犹豫不决的时候，他看到那个倒立着的人曲起一条胳膊，用手指朝着旁边一顶斜挂在大车上的帐篷指了指。

紧接着，那个倒立着的人便翻转身体站了起来，若无其事

地走到那顶帐篷里面坐了下来。

其他的沙漠人，仿佛什么也没发生似的各自散去。

不过系密特却注意到，这些沙漠人所站立的位置正好挡住了佣兵们的视线，令他们无法看到那顶帐篷。

 5 重回故土

灼热的太阳照射在大地之上。

系密特看着脚下那一片阴影，感到有些无可奈何。

用这种方法隐藏身形确实不够完美，如果不是因为佣兵们对于沙漠缺乏足够的了解，他肯定已暴露了行踪。

而系密特也不知道那些沙漠之民这样做，到底是什么意思。

稍微犹豫了一会儿之后，系密特决定进行一次冒险。他小心翼翼地接近那顶帐篷。

那个个子最为矮小的人显然上了年纪，他年轻的时候或许拥有着同样健壮的体魄和魁梧的身躯，但是沉重的岁月压弯了他的腰。

不过他的眼睛和耳朵却灵敏异常，系密特的脚步虽然轻盈，仍逃不过他的耳朵。

"你好……你们的话……我说得不是很流利。"

老者用极为生硬的语调缓缓说道："我们并不知道你为什么而来，同样我们也不清楚，他们打算干些什么。

"那些人雇用了我们，要我们袭击一群人。这是一笔交易，不过现在我已不打算进行这场交易了。

"我相信，我们之所以会来到这里，是伟大的神莫拉的旨意。他让我们来到这里，让我们和你相遇。"

系密特被这番没头没脑的话说得一愣。他犹豫了好一会儿，才压低了嗓音问道："阁下，为什么会提到莫拉，这和我又有什么样的关系？"

"你好，行走在黑暗之中的勇士，我们等候你的到来已有近千年之久。伟大的神明莫拉早在一千年前，便已预言了你的到来。"那位老者说道。语调之中微微透有一丝兴奋。

"我从来不知道什么预言。"系密特连忙说道。

"伟大的神明，他的旨意无人能够完全猜测，他的意图无人能够彻底得知，不过他的意图无人能够丝毫违背。"老者神情冷峻地说道。

"那么请告诉我，你们的神预言了些什么？"系密特急切地问道。一方面是因为他想摆脱眼前的困境，而另外一方面，则是因为好奇的心理。

"这并不为我所知，我不是侍奉莫拉的祭司。我只知道莫拉曾经预示过，有一个像变色龙般擅长变幻和躲藏，拥有着强大力量的勇者，将会来到沙漠之上，他将完成伟大的神明莫拉赋予的任务。"老者说道。

"非常抱歉，我现在很忙，根本无法顾及那位莫拉大神的旨意。"系密特摇了摇头，说道。

"你正在做的事情，原本就是伟大的神明莫拉的安排，要不然你也不会来到这荒无人烟的沙漠之中。

"莫拉的预言之中，并没有让我们强迫你去做任何事，如果你愿意跟随我们前往我们的中心——沙漠的灵魂，你将会省却很多麻烦。

　　"如果你不打算和我们同行，我们也绝对不会强迫你。但是总有一天你会再次进入沙漠。不过到了那个时候，是否能够凭借你自己的力量找到我们隐藏在沙漠之中的都城，或许将是伟大的神明莫拉给予你的考验。

　　"不过，在此之前，我们至少可以帮你一个小忙。

　　"显然你是为了那些人而来，他们无疑是你的敌人。如果你希望的话，我们可以替你将这些人一网打尽。"老者说道。

　　"他们之中有一个人非常狡诈而且谨慎，他是这些人的首领。"系密特说道。

　　"我知道你说的是谁，正是那个家伙雇用了我们，他提供的酬劳非常丰厚，但是他本人却一直都没有露过面。"老者缓缓地说道。

　　系密特早已从笛鲁埃那里得知了那个人的小心谨慎，对此他丝毫没有感到奇怪。

　　"伟大的神明的使者，如果你打算和我们一起走，我们可以立刻开始动手收拾你的敌人。

　　"如果你没有这样的打算，我们就不会帮你任何忙。不过我们并不会阻止你做任何事情，这原本就与我们没有丝毫关联。"老者说道。

　　"或许我真的会踏上前往沙漠中心的道路，不过现在我必须向你表示抱歉。我有非常重要的使命必须完成，丝毫没有空闲能够令我脱身。"系密特说道。

　　"莫拉的旨意无法违背，显然你根本没有办法躲过一场考验。我只能够为你祝福，孤身一人前往沙漠中心的道路绝不轻松。"那位老者淡然地说道。

　　老者丝毫没有给予他继续选择的余地，只见他将两根手指伸进嘴里，打了个极为响亮的口哨。

那些等候着命令的沙漠之民一听到口哨声，立刻朝着大车外围跑了过去。

佣兵们用无比惊诧的眼神看着这些生活在茫茫沙漠之中的异族人，那一根根笔直指着他们的刺枪，令他们微微有些恐慌。这些佣兵全都见识过这些刺枪的威力，那绝对是极为致命的武器。

不过，当他们看到从帐篷后面转出来的系密特，很多人已经明白到底发生了什么事情。

一阵慌乱首先从那些曾经见识过系密特力量的人之中传来，他们的恐惧让其他人感到有些莫名其妙。显然另外一些人怎么也无法想象，这个年纪幼小的贵族少爷，凭什么能够引起这样大的骚动。

特别是当人群中有人扔掉了手里的武器，丁丁当当，兵器掉落在地上的清脆声音响成一片，令那些莫名其妙的人也感到了一丝恐慌。

面对恐慌，原本就有许多办法，而此时，不少人的选择便是拿起了武器。

突然间，一声震耳欲聋的呐喊令每一个人为之震慑，那些胆子稍小一些的家伙立刻瘫倒在地上。

更令所有人感到恐慌的是，那个贵族少爷打扮的小孩突然间凭空消失在他们眼前。虽然在场的所有人都不清楚这是怎么回事，不过他们多多少少猜测得到，这是神秘莫测的魔法造成的奇迹。

当为首的那个气势汹汹的强徒，突然间被一把看不见的利刃从正中央笔直截成两半的时候，原本的那一丝恐慌立刻化作

了难以遏止的恐惧。

丁丁当当，金属撞地的声音不绝于耳，没有人还敢举着刀剑面对一个看不见的可怕死神，那根本就不是勇敢的表现，而是无可救药的愚蠢。

只有那些沙漠之民平静地看着眼前发生的一切，仿佛已从他们所信奉的神灵莫拉那里得到了某种启示。

当系密特的身形重新出现在众人眼前的时候，他正站立在那位老者的面前。

"我能否请求你们帮我一个忙？我需要尽快赶路，希望你们能够帮我看押一下这些犯人。"系密特对老者说道。

"不，我们不能够帮助你。"老者连连摇头说道，"在你踏上前往沙漠中心的旅途之前，你只能被看做是无关紧要的外来人。"

"那么我可否雇用你们，就像他们曾经做过的那样？只不过我希望你们这一次不要有所变化。"

系密特并非不知变通的人物，当初他在玲娣和沙拉身边的时候，便已显露出灵活应变的能力。

"这没有问题，除非有另外一位莫拉的使者突然出现在我们面前。

"不过在我们确认谁才是真正莫拉的使者之前，我们仍然会首先遵从你的意愿。"老者缓缓说道。

系密特点了点头，然后转过身，朝着远处横亘绵延的悬崖走去。

悬崖之上，有一条非常隐秘的小径，直通底下这片茫茫无际的沙漠。

这一次，系密特总算有时间慢慢搜寻这条传闻之中的"天之小径"。

即便他的马车轻盈而又灵巧，行进在这半天然半人工、依着陡峭的悬崖而开凿出来的狭窄通道之上，仍然令人感到提心吊胆。

出乎系密特预料的是，露希小姐好像丝毫都不感到害怕，而且她的平衡性更是好得出奇，虽然还远远不及圣堂武士，不过相对于普通人来说这样的程度已相当了不起。

沿着异常险峻的山间裂隙，马车小心翼翼地驶上了这道横亘绵延达千里的悬崖，这是最为危险的一段路程。系密特非常怀疑，如果魔族占据了这条裂隙，还有多少人能够通过。

而这偏偏被看做是比通过奇斯拉特山脉更为安全的、前往北方诸郡的路径。

悬崖底下便是一望无际的戈壁。也许是因为土壤之中还渗透着一些水分，悬崖底下能够看到一丛丛的灌木，不过这片灌木延伸到戈壁不远处便消失了。

远处便能望见沙漠的边缘围拢着一圈大车，沙漠之民正在看守着他们的俘虏。

系密特轻轻摇着手臂，朝那里打着招呼。

他并不认为沙漠之民能够看到他的动作，只是出于礼貌而已。然而，当系密特看到，远处有一个矮小的穿着长袍的人影向他挥手致意的时候，确实有些惊讶。

难道这些沙漠之民拥有着和他一样，来自于那奇特魔族的无比敏锐的感知力和独特的眼睛？

系密特不敢让他心爱的马车用以往的速度，奔行在到处布满石块、沙砾的戈壁之上，他还得时刻警惕布满了这片戈壁的

蝎子和毒蛇。这些东西对他来说根本算不了什么，不过对于他的马来说却非常致命。

系密特不时用长长的马鞭驱赶走游移在前方的毒蛇。至于那些蝎子，自然被他打得粉碎。

这段艰难的行程花费了整整三天时间。

在这三天之中，系密特一直担心会错过那条通往上方的小径，不过当他看到倾斜的坡道和平整地铺设着青条石的车道时，总算放下心来。

更令他感到放心的是，他看到悬崖顶上有一部巨大的绞盘，两根粗壮的支架远远地伸出悬崖边缘，底下是一个扁平的吊篮，足以容纳下一辆马车。

一个守卫的士兵正坐在悬崖边用青条石砌出来的矮墙上，旁边趴着一头无精打采的猎狗。

这辆突如其来的马车引起了士兵的注意，而驾驭马车的竟然是一个小孩，更是令他感到好奇。

"喂，小家伙，你从哪里来？要到哪里去？"士兵高喊道。

"前往特赖维恩。这里安全吗？"系密特一边驾着马车，一边问道。

斜坡靠近悬崖的外侧用青石板砌着一道护栏，因此显得颇为安全。

"特赖维恩？你有亲戚在那里担任军官？"士兵问道。前往特赖维恩的人他可丝毫不敢小看，据他所知，那里全都是功勋显赫的军官。

"是的。"系密特理直气壮地说道。这倒不是在撒谎，沙拉小姐的姐夫之中有好几位在军队之中担任重要职位。

"噢，看样子，你胆子倒是不小，千里迢迢来到这里，竟然只有你和你的姐姐两个人。

"不过，我还是要劝告你，别往特赖维恩去，山里面仍旧隐藏着魔族。

"如果你打算和亲戚见面的话，可以前往蒙森特。到那里向军政部提出探望亲属的申请。只要告诉他们你的姓名，还有你要见的人的名字，他们会替你安排好的。

"你想要见到的人会前往蒙森特去看你们，也省得你们冒险去往前线。"这个士兵倒是一番好意，详详细细地解说道。

系密特一边听着，一边将马车赶上了悬崖。他四处张望，只见悬崖之上早已平整出大片空地，堆满了各种各样的货物，还有忙碌的搬运工人和等候在一旁的马车。

"这里好热闹啊！"系密特叹道。

"上个星期更加热闹，到处都堆满了补给品，我们搬运了整整三天，才将东西从下面弄到这里来。又用了三天时间，才将大部分货物运走。"士兵伸了伸懒腰，说道。

"我真是不明白，这些东西是怎么运过来的？下面的那条路如此狭小，根本不像这里这么开阔，而且还安装上了绞盘和吊索。"系密特问道。

"哈哈，你居然是从那条老路上来的。那条老路的南边已经开辟出一条新的道路，和这里一模一样，全都布设了关卡，还有一支小队驻守在那儿。"士兵回答道。

"这里除了你之外，还有其他驻守者？"系密特问道。

士兵并没有回答，只是指了指远处紧靠着树林建造的一圈兵营。

"其他人在干什么？在搬运货物吗？"系密特问道。

"那是当然，现在这个时候根本召集不到工人，只好由我们自己动手。"士兵有些无奈地说道。

"从蒙森特也无法招来工人吗？"系密特忍不住问道。

"谁知道？"士兵显然对此相当不满，他愤愤地说道，"说实在的，如果不是因为你的亲戚在军队，并且在最前线，我们这里恐怕没有人会搭理你们两个人。"

"为什么？这让你感到愤怒吗？"系密特问道。

"噢，我向您道歉，并且向您致意，我的贵族少爷。"

士兵调侃着说道。幸好他并没有太多恶意，这完全是看在系密特的亲戚是军官的份上。

突然间，系密特看到那个士兵肩头别着一道勋徽，连忙问道："你是个军官？"

"不，至少还未得到提升。"

士兵拍了拍肩头说道："等我的伤全部养好可以归队的时候，或许我将被任命为军官。"

"祝贺你，伟大的英雄。"系密特笑着说道。

"你的恭维让我受宠若惊。"士兵也显得轻松起来。

"你是这里级别最高的人吗？"系密特问道。

"是的。不过几天之后，将有一个新的军官来接替我，听说从京城之中又来了一支调查团。"

士兵突然说道："对了，你这一路上，是否见到过有一队人马和你们同行？"

"是啊，难道那便是你所说的调查团？"系密特故意问道。

"有几辆马车，又有几个随从？你们是在哪里遇到他们的，那是什么时候的事情？"士兵提出了一连串的问题，这立刻引起系密特的警惕。

"好像只有三辆马车，不过其中的两辆马车似乎是随行的人员，我没有注意，不过好像应该很多。

"我记得，是在五天之前看到他们的，因为我的马车非常轻便，所以在到达括拿角之前，那个车队已被我远远地甩在后面了。"系密特说道。

"那我得向你表示感谢，你可帮了我的大忙。"那个士兵笑着说道。

这让系密特更加警觉起来，他试探着问道："克曼狄伯爵此刻在蒙森特，还是特赖维恩堡？我更想见见他的弟弟特立威，我们已经很久没有见面了。"

系密特模棱两可地说道。不过这番话显然非常容易让人误会，以为他和那位少年军官是相识已久的好朋友。

正如系密特所预料的那样，眼前这个士兵根本无法分辨其中的区别。他立刻显得恭敬起来，并且说道："恐怕阁下将感到遗憾，无论是克曼狄将军还是特立威尉官，都已回到特赖维恩堡。

"而且，随着天气越来越炎热，所有人都在担心魔族将会再一次发起猛烈进攻。这个时候，克曼狄将军根本就不可能离开前线。

"不过，你也许能够见到特立威尉官，他有的时候会前往蒙森特催讨军饷。"

士兵的话令系密特有些惊讶。

原本他预料，一路上的布置全都应该出自克曼狄将军之手，同样，令这位士兵如此关心调查团所在位置的原因，也是那位对塔特尼斯家族极度不满的将军的意思。

但是现在看来，克曼狄伯爵大有置身事外的意思，难道其

中还有什么蹊跷?

离开广袤无垠的沙漠，虽然系密特从来没有来过这里，不过那一望无际的绿色，却令他感到如此熟悉。

这里的绿色，还有空气之中那股泥土的芬芳气息，和蒙森特一模一样。

系密特驾驭着马车急速朝前驶去，一路上能够看到长长的车队。

这里的地面，并不像蒙森特通往奇斯拉特山脉的那条大道那样平整，毕竟以往这条道路没有多少人行走，因此，大道上铺设着的并不是青条石，而是厚重的木板。

幸好这里从来不缺乏粗壮的原木，铺设着厚重木板的道路看上去反而比青石板路更加光鲜耀眼。

不过没有平整过土地的毛病却清清楚楚地显露出来。一路上，系密特感到非常颠簸，值得庆幸的是他的马车拥有精良的设计，并且由最高明的工匠制成。

如同一阵风般轻盈地疾驰在颠簸的通郡大道之上，这辆马车引来了一连串羡慕而又猜疑的目光。

不过系密特的年纪和露希的美貌显然把所有的怀疑彻底打消，每一个看到他们的人，都会以为这是一对赶路的姐弟。

一路上，系密特接受了无数恭敬的点头致意，不过他非常清楚，所有这一切并不是给予他的，而是给予他身边的这位"姐姐"的。

露希只要不显露出那副妖精般择人而噬的模样，那副天使般清纯明艳的容貌，颇能够得到许多人的倾慕和赞赏。

系密特非常清楚这个家伙是个怎样的人物，她的疯狂甚至

4

到了有些病态的程度。

不过，他不得不承认一件事情：露希对于自由的执着，令他感到羡慕无比。

还有一件事情，也令系密特感到非常有趣，那便是露希的脑子里面有着数不尽的故事。

和爱吹牛的教父比利马士先生不同，露希的故事并非是冒险和传奇。她的那些故事都是发生在身边的，爱情和浪漫，还有为了自由而私奔，往往成为故事的主题。

无可否认，这些故事全都美妙无比，让系密特听得如痴如醉。

有的时候，系密特甚至感到自己已化身成为故事中的主角，那种辛酸和忧愁，欢乐和喜悦，他完全能清楚地品味到。每当这个时候，他总是静静地坐在露希小姐的身上，任凭马儿拉着马车朝前飞奔。

虽然好几次，他也醒悟到，这种情绪的冲动，这种对于故事之中所营造出来的虚幻世界的沉迷，对于一个力武士来说并不应该。

不过，系密特意外地发现，所有这一切，对于大长老指点他的那种修炼方式来说却正好合适。

即使未曾进入欢愉缠绵之中，仅仅只是在露希的故事所营造出来的虚幻世界中游历一番，系密特都能感受到精神力量方面的成长。

隐隐约约之中，系密特仿佛捕捉到了一些什么，虽然无法将那种感觉诉说清楚，不过，他非常清楚一件事情——他离一个圣堂武士应该遵循的道路越来越远。

如果说圣堂武士从世俗之中解脱出来，对这个世界冷眼旁

观，那么此时，自己便是彻底投身于世俗之中，不仅仅用眼睛，还用所拥有的一切来体会这个世界。

这条颠簸坎坷的道路，在第二天黄昏时刻，终于走到了尽头。

系密特转了一圈，从北门进入这座他曾经非常熟悉，但此刻却显得异常陌生的城市。

勃尔日还是以往那副样子，不过见识过京城拜尔克的繁华和喧闹后，系密特确实感到两者之间的差异。

虽然大街上同样熙熙攘攘，这里也随处能够听到嘈杂欢笑的声音，街道两边同样矗立着高耸的建筑物，不过所有这一切，和京城拜尔克比起来确实逊色许多。

京城拜尔克惟一没有的，或许只有正中央那条河流。此时的勃尔日河正是最为繁忙的时刻。

勃尔日河两旁到处都是临时码头，从南方运来的货物正被小心翼翼地卸载下来，搬运上岸，堆在河岸边的人行道上。

系密特感到有些奇怪，传闻不是说因为魔族还未被彻底消灭，没有人敢前往北方郡省吗？那么这些货物以及运送货物的商人又是从哪里来的？

更令他感到难以理解的是，为什么不用河流来运输补给品，而要千里迢迢绕过括拿角，从一望无际的沙漠运来这里？

和勃尔日河相连的维琴河源头在奇斯拉特山脉的深处，不过无数汇入维琴河的支流之中，却有一条相对安全的河流，从南方只需要翻越几道不高的山岭，便能够到达那里。

那个地方原本就建造了一座小镇，每年春季河里的浮冰全部消融之后，商人们就会带着他们的货物，翻过两道山岭聚集在那里。

系密特相信，绝对不会没有人注意到这一点。这些从四面八方涌来的商人，绝对不是一个容易忽略的目标。

驾驶着马车，系密特感到有些犹豫起来，他不知道应该前往何方。

或许可以去找温波特伯爵夫妇，他们肯定会非常高兴地招待自己，就像小时候，哥哥带着自己前去拜访他们，顺便和沙拉小姐相会时一样。

同样，教父比利马士先生那里，也是一个可去的地方。实际上，和比利马士伯爵待在一起让系密特感到更加欢欣，因为那个地方永远充满了笑声。

犹豫不决之中，系密特迷迷糊糊地驾着马车走上了一条最为熟悉的道路。当他醒悟过来的时候，已被长长的车流包围在了中间。

前后左右全都是装饰奢华的马车，马车上的纹章对系密特来说非常眼熟。从远处一座精致优雅、到处装饰着雕塑的宅邸中，传来一阵悠扬的音乐声。

对于这座宅邸，系密特实在是再熟悉不过了。他就是在这里出生，在这里长大，这里的每一个角落，都留下了他的欢笑和悲伤。

长长的车流一直延伸到他无比熟悉的宅邸门前，车流是如此的缓慢，简直像是在缓缓朝前挪动一般。

这样的景象对于系密特来说，同样异常熟悉。他的哥哥担任蒙森守备的时候，每一次召开宴会都是这样一番景象。

看到眼前这一切，系密特感到有些滑稽。经历了无数动荡，见识了万千繁华，当他回到原来的家中，却俨然成了这里的

客人。

如果说，上一次回到这里，他所遭受的冷遇令他感慨的话，这一次便是无比的凄凉。

系密特不知道该怎么办才好，他只能随着车流，缓缓地向前挪动。

也许到了门前，他可以向这里的新主人稍稍解释一下，他只是被卷入车流的普通路人而已。

当系密特驾着马车来到自家宅邸门前的时候，微微有些出神。

宅邸的大门依然像以前那样，华贵而不失优雅，但是此刻站立在门口迎接宾客的，已不是他家的管家。

"噢，对不起，我并非是受到邀请的宾客，只是旁边的马车让我动弹不得。"系密特连忙打了个招呼。

站在门前的是个年纪不大的青年，不过看他身上的穿着显然不是这里的管家。他上身穿一条宽松的殷红色礼服，巨大的花边装饰着领口和袖口。他的手指上带着几枚戒指，最显眼的那枚戒指上镶嵌着一颗硕大的红宝石。

青年的脸上丝毫没有显露出不悦的神情，原本他打算让这辆马车通过，以便迎接下一位贵宾，但是当他看到将系密特抱在怀里的露希，立刻眼睛一亮。

"这根本就没有什么，想必这是命运之神的安排。既然是偶然和巧合令两位来到这里，为什么我们不让这偶然和巧合继续下去？

"如果两位没有请帖，那毫无疑问是我的过错。因此，我在此提出最为真挚的邀请。"青年必恭必敬地说道。他并不知道系密特的身份，只是为了露希小姐的美艳而低头。

"这不太方便吧？我们不想成为令人讨厌的不速之客。"系密特连忙说道。

"怎么可能？除非这里令两位感到简陋和令人压抑。或许两位感到我的邀请还不够真挚，那么请两位稍等片刻，我立刻准备好正式的请帖。"青年固执地说道。

露希捅了捅系密特的腰眼，示意他接受邀请。

"我们风尘仆仆，实在不太适合出席如此盛大的聚会。"系密特不以为然地说道。他并不打算在自己家祖传的宅邸中，作为一个客人受到邀请。

"这又算得了什么？我丝毫看不出有什么风尘能够掩盖两位所焕发出的耀眼容光。"说到这里，青年向前走上一步，径直将手臂递给了露希，"我非常渴望能够知道小姐的芳名。"

"芬丝·菲莉，不过你可以叫我露希，这是我的教名。"露希根本就不理睬系密特，立刻回答道。她甚至将系密特放了下来。

系密特无奈地走进自家的宅邸。

青年吩咐一个仆人驾走了马车，他原本打算和露希好好攀谈一番，但是眼下他有着不可脱卸的职责。

打发了两个仆人，让他们一直跟随着两位陌生的客人，青年希望随时能够听到有关那位小姐的消息。他更希望能够在完成已变得极为乏味的职责之后，在最短暂的时间里，来到那位美艳迷人如同天使般的小姐身边。

"哈哈，巴甫，我的好朋友，看样子，你已经坠入了情网。"

突然间，旁边走过来的一个青年笑着说道。在他的身后，

还跟随着好几个同样的人物。

"是的，我仿佛已经听到爱情之神拉开弓弦的声音，我相信我已经无可救药地被致命的箭矢所射中。"巴甫说道。

"你的眼光确实不错，不过你的父亲伯爵大人是否会答应？他可是个非常注重门当户对的古板人物。更何况，我们听说，他正打算将郡守大人的侄女介绍给你呢！"另外一个青年对巴甫说道。

巴甫冷哼了一声，有些不以为然地说道："不用担心这件事情，郡守大人那美丽动人的侄女，不是早就有追求者了吗？虽然他们爱情的结晶还未曾产生，不过那只是时间早晚的问题而已。"

"噢，我的朋友，话虽然是这么说，不过一旦将爱情和利益进行权衡，我相信那位小姐会听从她的伯父的建议。"旁边那个人笑着说道。

"毕竟，嫁给你她将会成为一位伯爵夫人，而嫁给那个油嘴滑舌的家伙，她准备晚餐的时候，也许只能够参考丈夫在牌局上的运气。"

"你还不知道，你所倾慕的那位小姐是否是某个贵族的千金。万一她只是运货商人的女儿，或者是掌柜千金，你的父亲是绝对不会让这样一个媳妇进家门的。"那个人又笑着说道。

"我确信那位小姐拥有高贵的身份，她看上去就像是一位完美无瑕的天使。"一边朝着一位刚刚下马车的宾客鞠躬行礼，巴甫一边固执地说道。

"噢，我的朋友，你的眼光确实不错。不过我必须警告你，我认识勃尔日城里几乎所有值得称道的贵族千金，但是我对于刚才那位小姐却一点印象都没有。"那个人拍了拍巴甫的肩膀説道。

"为了朋友就应该两肋插刀。我帮你去看看，或许从那辆马车上能够发现些什么。"另外一个人笑着说道。

"尽管别想着能够从一辆轻便旅行马车上找到徽章，任何体面人都不会坐着那个东西外出，它们是管家和商人们的专利。不过或许能够在车轴上找到一圈钢印，那至少能够知道，这位小姐来自何方，她家的境况又是如何。"

说着，那个人朝着远处走去。

"凯里虚干这个最为擅长，他在税务登记处的差事可绝对没有白干。"为首的那个人，用手臂轻轻搭在老朋友的肩膀上，笑着说道。

巴甫对此有些不以为然，不过他毕竟也希望知道，自己所青睐的心上人到底来自何方。

出乎所有人预料的是，他们等了很久。如此漫长的等待甚至令这些人怀疑，他们的朋友出了什么意外。

正因为如此，当他们看到凯里虚回来的时候，感到有些惊讶和疑惑。不过更令大家感到震惊的是，凯里虚显露出一副失魂落魄的神情。

"我的朋友，你到底发现了什么？"立刻有人问道。

包括巴甫在内的所有人全都竖起了耳朵。

凯里虚愣愣地看了巴甫和其他人一眼，然后摇了摇头说道："我必须承认，这件事情令我感到难以置信。你们先猜猜，那辆马车值多少钱？"

"据我所知，勃尔日城里最昂贵的一辆马车属于汨罗瓦伯爵，这辆马车加上拉车的四匹俊丝丽马，总价值不下二十二万金币，足以在蒙森特附近买下任何一座庄园，外加一百五十亩

新的魔族

土地二十五年的使用权。

"我再往下加十万,这总应该够了吧?"那个为首的人物显然对于蒙森特的一切都了如指掌,他立刻说道。

"噢,你这个狡猾的家伙,开了这么高的价钱,不过我相信,那辆马车或许还要更为昂贵一些。"

凯里虚的话令所有人大吃一惊。

没等其他人追问,他继续说道:"这辆马车绝不简单。整个北方也找不出几辆马车的车轴是用钢质轴套做成的。如此精细的工艺,只有京城拜尔克的名匠才能够做到。

"车轴上面的钢印也证明这辆马车来自拜尔克,而且制造它的工厂为国王陛下所拥有。

"这辆马车的坐位、车架、车轴接榫的部位,全部由滑杆和弹簧连接,老汨罗瓦的马车绝对没有这样精致。

"这辆马车虽然没有丝毫的装饰和雕琢,用料却极为精致考究。而那四匹马更不是老汨罗瓦的俊丝丽马可比。虽然对于马匹我完全外行,不过我几乎可以肯定,这应该属于丹摩尔王室所有。

"除此之外,我还在马车背后一个不起眼的地方,找到了一枚纹章,你们绝对不会相信,这枚纹章是什么样子。"凯里虚说道。

"难道是一堆玫瑰花瓣?"为首的人立刻问道。

"噢,你这个家伙装做愚蠢一些,难道不好吗?"凯里虚无奈地说道,"不过玫瑰花瓣并没有你想的那么多,仅仅只有一片。一面玫瑰花瓣的盾牌,就这么简单。"

听到这些,那个为首的人用力拍了拍巴甫的肩膀,用低沉的语调说道:"亲爱的老朋友,也许你得打消念头,将灼热的爱意暂时冷却下来。你可能有资格成为那位小姐的车夫，不过爱情的追逐者恐怕早已另有其人。"

旁边其他的人也连连点头，这也是他们共同的想法。

"奇怪了，这样一位人物怎么会出现在这里？虽然听说国王陛下已派出了第二支调查团，但是调查团的成员之中绝对没有像这位小姐一般的人物存在。她总不可能是赫赫有名的格琳丝侯爵夫人吧？侯爵夫人不可能这样年轻。"为首的人物喃喃自语道。

"会不会是国王陛下对第二支调查团仍然无法绝对信任？毕竟法恩纳利伯爵曾经受到过军方的排斥。至于格琳丝侯爵夫人，她和塔特尼斯家族幼子的关系尽人皆知，因此想要让她偏向军方同样毫无可能。

"至于最后那位道格侯爵，他虽然和任何一方都不曾有过利益方面的冲突，不过仅仅只依靠这样一个人物来维持公正，显然相当困难。或许国王陛下又暗中派遣了另外一位特使？"那位为首人物自己回答了自己的问题。

"一位王室的远亲，不为人所知的公主殿下？"立刻有人插嘴道。

"这非常难说，不过，绝对不能排除这种可能性。"巴甫沉吟着说道。

"噢，我的老朋友，或许你应该将这件事情尽快告知你的父亲伯爵大人，有一位不为人所知的公主殿下正在你家的舞会上。"为首的那个人说道。

"这是否过于没有诚意？"

巴甫此时已没有了迎接客人的心情，径直转过身来问道。

"我的朋友，你千万不要告诉我，你对于一切都毫不知情。

"郡守大人、你的父亲，这座房子里面的贵宾之中，实在没有多少人敢理直气壮地说，自己是清白干净的。

"虽然其中一部分人确实是出于无可奈何，实在有太多亏空需要填补，还有不少令人意想不到的开支突然间冒出来。不过往自己的口袋里面塞几枚金币的人，并非是少数。

"我不知道，大家准备如何向调查团和国王陛下解释；同样，我也不知道，国王陛下是否会相信这些解释。从这次他接二连三派出钦差大臣，就完全可以看得出来，陛下的耐心已经非常有限。

"这位美艳清纯如同天使一般的小姐，或许是我们大家的最后一根救命稻草，故作清高只会让所有人陷入灭顶之灾。"为首的那个人说道。

"好吧，或许你说得对，我得去见见我的父亲。"说着，巴甫对身边的管家吩咐了两句，然后转身走进了大门。

书房的门口站立着两位侍从。

"我有非常重要的事情，要告知父亲大人。"巴甫对其中的一位侍从说道。

"少爷，您是否能够确定那件事情非常重要？老爷正在和郡守大人商议重要事务。他吩咐过，绝对不能让任何人打扰。"侍从说道。

"我确信我所说的事情比任何事情都更为重要。"巴甫非常肯定地说道。

侍从显得有些无奈，只得敲了敲书房的门。

正如他所预料的那样，书房中传来一阵严厉的叱责声："我不是命令过，绝对不允许任何人来打扰吗？"

"父亲大人，我有极为重要的事情要告诉您。"巴甫马上说道。

书房中沉默了一会儿，紧闭的房门终于打开，伯爵大人怒气冲冲地站在门口瞪着自己的儿子。

"难道你连片刻都无法等待？郡守大人正在和我谈话，这多没礼貌！"伯爵板起面孔训斥道。

"父亲大人，我相信和让大家获得拯救比起来，稍稍的无礼完全能够让郡守大人和您体谅。"巴甫神情凝重地说道。

伯爵听出儿子的语气有些不对，他将儿子让进了书房。

皮肤微微有些黝黑的郡守大人坐直了身体，用自己的脚轻轻地挡住旁边的茶几。从露出来的缝隙之中，巴甫完全能够看清，那是一个用绿色天鹅绒制成的巨大钱袋。

将书房的房门关上，巴甫将自己的父亲拉到窗台旁边，凑近父亲的耳边，用极低的声音将刚才的发现说了出来。

"会有这样的事情？"伯爵大人立刻惊慌失措起来，他的面孔变得煞白。

"是否能够告诉我，到底发生了什么事情？"

原本悠闲地坐在沙发上的郡守也站了起来。

"国……"

伯爵显得有些失魂落魄，他刚刚开口便被站在一旁的巴甫捂住了嘴巴。

儿子的异常举动令伯爵猛醒过来。

不过，这却令郡守大人感到更加紧张和不安。

带着闪烁游移的目光，伯爵大人走到郡守的身旁，他同样小心翼翼地凑近郡守的耳边，而郡守大人也自觉地弯下腰。

"啊，这难道是真的？"

　　一声惊呼从郡守的嘴边响起，他的脸上也显露出万分紧张的神情。

　　恐惧和压抑的气氛凝聚在这间书房里面，仿佛是暴风雨即将来临前的一刻。

 6 **背叛的定义**

宅邸后面幽暗的草地上正凑着一群人。

谁会想到，邀请众人参加舞会的主人竟然会站在这里，他的身边还跟随着郡守大人。

郡守和巴甫的父亲有些出神地不停抚摸着那枚隐藏着的、很不起眼的纹章，他们脸上的表情近乎痴迷。巴甫的父亲甚至流下了口水。

"多么漂亮的纹章啊！噢，玫瑰花瓣，这实在是太完美了。"威利伯爵叹息道。听他的声音就像要哭出来一般。

"告诉我钢印在哪里？"

郡守依依不舍地放弃了这个目标。他还要确认其他一些事情，不过这只是形式而已，他已确信，这辆马车的主人是某位地位尊贵的王室旁系。

旁边围拢着的年轻人之中立刻走出一个人来，他手里捧着一本很厚实的硬皮封面的册子。

"就在这里。"

他指着马车右侧的车轴说道："前面三个字母代表的是拜尔克的简写，后面个三位数字表明制造这副车架的工厂。郡守大

人，如果您有兴趣的话，可以查阅这本册子，这是我刚刚赶回税务登记处取回来的。

"这三个数字表明，制造这辆马车的工厂是嫩本制造所第一御用工厂，后面的这些数字是这辆马车的编号。"

说着，年轻人将手里的册子递了过来，但是郡守根本就没有接，他轻轻推开了年轻人的手臂。

"噢，我又不是傻瓜，难道还看不出来，这东西别的地方根本就没有办法做出来吗？看看这车轴，多么精细，它的表面就像是镜子一般光滑。"

郡守一边说着，一边用手指擦去车轴上的泥土，仿佛根本就感觉不到肮脏一般。

"噢，这么多弹簧，坐在上面肯定非常舒服。王室成员就是不同凡响，这样一辆普普通通的双轮轻便马车都制作得如此考究。

"噢，看了这辆马车，我都不想要我原来那辆了。唉，什么时候，我也能够拥有这样一辆马车啊？"

郡守不停地抚摸着辐条和车轴，爱不释手的样子令旁边所有的人惊诧，虽然他们也对精巧别致的马车羡慕不已，不过远没有到如此失魂落魄的境地。

"郡守大人，请您别忘了，这辆马车的主人就在这座宅邸之中。"那位最有脑子的人立刻提醒道。

"对，对，对，霍德，幸亏你的提醒。

"威利伯爵，你倒是说说看有什么对策？这里毕竟是你的家。"郡守大人说道。

令所有人失望的是，伯爵大人依旧一副痴迷的模样，不停地抚摸着纹章。

巴甫连忙用力推了推自己的父亲，让他从痴迷之中稍稍清醒，并且在他耳边复述了一遍郡守大人的问话。

"噢，我立刻用最庄重、最高级的规格，来招待陛下的特使——那位不知名的公主殿下。"威利伯爵立刻惊叫起来。

"霍德，还是由你来说说看，有什么好对策?"郡守显然对于新上任的守备有些不满，他转过头来问道。

"郡守大人，您也看出来了，这枚纹章被遮盖了起来。显然国王的特使并不是一个招摇的人物，或许她所领受的使命原本就是在暗中注视一切。

"您难道忘记了，前往波尔玫的由军方组成的调查团里，不也有国王陛下的特使? 那位特使的职责不正是一双眼睛吗?

"我相信，这位小姐也拥有着这样的身份，她只是眼睛——代表国王陛下的眼睛。因此，令她的身份彻底暴露丝毫不会引起她的欢心，同样也不会令国王陛下感到高兴。

"最好的办法就是装做什么都没有发现，她那美艳动人的外表就足以令所有人给予她最为殷勤的款待。

"当然，最重要的是小心谨慎，绝对不能让这位小姐看到不应该让她看到的东西。"霍德郑重其事地说道。

"我看这个主意相当不错。"巴甫连连点头道。

"好，就这样办。霍德，我知道你的脑子最为灵活，一直以来，我都很看重你。当初要不是那个家伙一个劲地排挤你，我早就向陛下请求让你得到晋升了。

"不过，这次也来得及，反正你还年轻。只要你帮我完美地办完这件事，我立刻在郡参议会会议上为你的晋升提名。"郡守立刻许诺道。

两位大人物兴冲冲地回到房子里面后，众人围拢住了那个叫霍德的人。

"恭喜你，霍德，你总算等到这个承诺了。"巴甫笑着说道。

"或许，这只是说说罢了。"

霍德丝毫没有喜色，只是耸了耸肩膀："现在还不是时候。国王陛下一口气赐予了那么多人爵位，这是无比的恩赐，非常符合陛下慷慨的名声。不过也因为如此，陛下恐怕不会愿意给予一个不相干的人物晋升。

"同样的，郡守大人也应该非常清楚，那帮军官们此刻正怨气冲天，如果这时再揌名我领受封爵，拥有勋章却没有得到实惠的军官们恐怕会立刻和他翻脸。"

"噢，别那样悲观，我的朋友。我们都非常清楚，在勃尔日以智慧和才能算起来，只有塔特尼斯伯爵能够与你一较高下，其他人全都不是你的对手。

"以前，你之所以不得志，是因为塔特尼斯伯爵的排斥和阻挡。现在他已经离开蒙森特，你出头的日子总算到了。"旁边的凯里虚轻轻地合上了厚厚的册子，安慰道。

"你用不着这样安慰我，我非常清楚，自己和塔特尼斯比起来还有不小的差距。

"他能够放弃自己的根，放弃祖辈给他留下的一切，前往拜尔克，并且在那里获得巨大的成功，而我苦心经营了这么久，仍然一无所获，我比不上他。

"我确实曾经怨恨过塔特尼斯。正如你们所说的那样，我一直认为是塔特尼斯伯爵在排斥我，因为他气量狭小，而且担忧自己被我所超越。

"所以当我得知塔特尼斯离开了蒙森特郡，曾经无比高兴，梦想着能够大展鸿图，放手干一场。在我看来，没有了塔特尼斯这片天，就能够显露出我霍德这片云。

"但是结果你们已经看到了，不得志的我仍然不得志，那些空出来的位置没有一个是为我保留的。

"我知道你们中的一些人曾经向上面极力推荐过我，但是这丝毫没有用处。如果是在从前，我还可以认为是塔特尼斯伯爵残留的势力在作祟。不过这显然是在自欺欺人，塔特尼斯伯爵根本就不在乎这里，他不在乎勃尔日，不在乎蒙森特，不在乎北方诸郡。

"现在，我越来越佩服他，不仅仅是因为他的才能确实比我高超，更因为他的眼光和气魄。对于他来说这里实在太过狭小，根本就不够他伸展翅膀。现在想来，他的眼光从一开始便放在京城拜尔克，放在国王陛下的身旁。

"他根本就没有理由排斥我，或许我在他眼里根本就不算什么，我甚至无法在这片天空之中展翅飞翔。"霍德说到这里，重重地叹了一口气。

"我的朋友，别妄自菲薄，至少你比我们这些人要强得多。正如你对塔特尼斯伯爵的看法，我们和你之间的差距又何止这些？我相信，你想要在税务登记处谋取一个差事并不难，但是你并没有这样做。

"我们非常清楚你想要哪些位置，只有那里能够真正展现你的才华。但是那些位置早已给人占据了，根本不可能轮到你，我相信这正是你悲哀的根源。"巴甫说道。

他还想进一步说下去的时候，管家从远处走了过来，在管家的身后还跟随着一个少年。

"特立威，你怎么有空闲到这里来？"巴甫笑着朝他打着

招呼。

但是那个少年的面容之中丝毫没有笑意。

"巴甫，你是否还将我当做朋友？我非常需要你的帮助。"那个少年神情凝重地说道。

因为无数艳丽无比的玫瑰花被分送一空，塔特尼斯家族闻名遐迩的花园显得异常萧条。

如今，这座花园中只种植着一些极为普通的鲜花。幸好夏季湿润而又温暖的气候非常适宜鲜花的生长，总算还能够看到一些五彩缤纷的颜色。

不过现在已是夜晚，花园里没有什么可以欣赏，惟一的好处便是这里足够安静。

正中央的一圈长椅上，坐着三个人。

身为主人的巴甫反倒显得最为拘束。那位少年笔直地坐在那里，虽然年纪最小却有一副军人的气度。霍德旁若无人地悠然跷着腿坐在一旁，他原本并不打算参与其间，是特立威和巴甫执意邀请之下，他才勉为其难地坐在这里。

"巴甫，你应该能够猜到，我为什么到这里来？"特立威说道。

巴甫没有说话，只是点了点头。

"说实话，你的父亲威利伯爵让我的哥哥和我非常失望。感到失望的还有其他人，可以说前线的将士之中，没有一个人对于威利伯爵有好感。

"前线军官之中已有传言，原来的守备要比你的父亲称职得多。我不得不遗憾地告诉你，这种念头甚至在我哥哥的脑子里面也有。"特立威冷冷地说道。

"我只能够说抱歉，对此我无能为力，我的父亲也是身不由己。我敢发誓，他绝对没有从中替自己捞取一点利益。我的父亲惟一收取的好处，恐怕就只有这座宅邸。"巴甫诺诺地说道。

"能够坐到守备的位置，难道这还不是天大的好处？这座宅邸同样也是实实在在的地产，如果是在以前，至少能够值三十万金币。为了这些，威利伯爵就出卖了我们？出卖了我们当初对他的信任？

"据我所知，这次在筹集军费和物资的事情上，原本以为大塔特尼斯会千方百计强加阻挠，事情却没有发生。虽然他给予我们的物资削减了许多，不过军费倒是一点没少。

"但是，这笔军费到了我们手里的时候，却根本不是原来的数字，到手的连一半都没有。威利伯爵太心狠手辣了吧！"特立威愤怒地说道。

"我仍然只能够说抱歉，我的父亲确实身不由己。虽然他号称是蒙森特的守备，并且代理掌管北方诸郡的所有军费开支，但是这个职位，只不过是攥在郡守大人和郡参议会手里的空头衔而已。

"此外，我的父亲也无法拒绝那些支取军费开支的理由。防御工事的修造、兵器装备的维修和打造，所有这一切都需要巨额花销。

"你是否愿意相信，真正中饱私囊的并没有几个人在。"巴甫遗憾地说道。

"是啊，正因为如此，最终的结果便是，在前线抵御魔族令你们免受伤害的士兵，连军饷和津贴都付之阙如！更可怜的是那些牺牲的将士，他们的家人连抚恤金都拿不到！

"你知道前线的将士之中流传些什么吗？他们说，丹摩尔早

已经将他们彻底遗忘了。"

说到这里，特立威已是怒火中烧，他紧紧握住拳头站了起来。过了好一会儿，他才稍稍平静下来，说道："我这一次来，希望你能够劝服你的父亲，让他至少将七成的军费拨调给我们。"

"我只能尽力而为。"巴甫叹了一口气，说道。

作为主人的巴甫匆匆离去，他原打算邀请特立威参加舞会，但是他稍微犹豫了一下便知道，这显然不是一个合适的主意。

花园中只留下特立威和霍德两个人，前者要令自己心中的怒火渐渐平息，而后者留在这里是想要安慰眼前这个愤怒的少年。

"我相信，你的哥哥克曼狄伯爵想必非常后悔。看透了郡守大人的真面目之后，他有什么样的感想？"霍德悠然说道。

"那个家伙利用了我们。"特立威愤愤地说道。

"是互相利用。

"我相信郡守大人也非常后悔，现在看来，塔特尼斯家族是远比你们更合适的盟友，将赌注押在你们身上，而不投资在塔特尼斯家族身上，恐怕是他最大的一个失误。

"我相信，你的哥哥也想到过这一点，被你们当做是仇敌的大塔特尼斯或许会是更好的盟友。

"我甚至猜想，大塔特尼斯也同样猜到了这一点，正因此，他毫不犹豫地给了你们所要的军费，没有人比他更加了解郡守大人，也没有人比他对蒙森特的财政状况更了如指掌。

"任何一个郡省在财政方面都有着巨大的亏空，我相信你哥哥的军团也是如此。这些亏空，有些是因为某些人中饱私囊而造成的，有些则是因为浪费和愚蠢的错误决定，当然也有一些是正常的花销。

"这些亏空在以前可以靠欠下更多亏空来填补，几个世纪以来一直是这样。但是一旦爆发战争，情况就完全不同了。我相信，前任守备大塔特尼斯为了填补亏空费尽了心机，他用极为巧妙的手腕才令一切得以运转下去。

"不得不承认这个家伙确实有一套，无论是郡守还是老威利都远远比不上他。不过，我相信，他令蒙森特郡财务方面的那个坑洞变得更深、更大，只不过魔族入侵的危机和其后的巨大胜利令那个坑洞从未被注意到。

"说起来，老威利确实有些可怜。他不仅要能按照别人的意愿做事，还有巨大的亏空必须填补。

"巴甫刚才至少有一件事情没有说错，并没有多少人从这次调拨下来的军费中捞取到好处。威利伯爵自己不敢，其他人没有门路，因此能够这样做的，就只有一个人。你我都知道这个人是谁。

"大部分军费被用来填补巨大的亏空了，对于任何一个坐在他这个位置上的人来说，都是无可奈何的一件事情。

"只要这样想像一下，你便应该明白，你哥哥克曼狄伯爵的要求，威利伯爵根本就没有办法做到。

"他满足了军队的要求，就得重新出现巨额亏空。以往可以用未来的开支进行弥补，但是现在和魔族的战争需要大量金钱，亏空不但无法弥补，而且还会越来越大。"霍德摸着自己的下巴，笑着说道。

"我知道你是仅次于大塔特尼斯的高明人物，你有什么办法能够令我们度过眼前的危机？"特立威立刻问道。他已从霍德的

语气中听出了一些苗头。

"没有其他办法，只有再次向陛下请求一笔巨额军费开支。北方诸郡财务司的金库中已经空空如也，即使将其洗劫一空，也别想找到几个金币。"霍德笑着说道。

"这不可能。再次提出军费要求，以国王陛下的慷慨也许能够答应下来，但是却会令我们陷入困境。国王陛下绝对不会再信任我们，只会认为我们过于贪婪和居功自傲。"特立威立刻说道。

他对眼前的局势同样了如指掌，现在的他已不再是当初那个冲动的少年。

"确实如此，不过你们的忧虑有一个前提，那便是再一次提出军费的要求是建立在毫无道理的基础上。

"因此，如果蒙森特郡的财务亏空无法彻底显露出来的话，遇上最大麻烦的永远是你们，除非魔族再一次发起进攻，将所有人全部送入地狱深渊。"霍德不以为然地说道。

"暴露那个巨大的亏空？"

特立威显然有些惊讶，他皱紧眉头思索了片刻之后问道："这样一来，老威利不是得担负起所有责任？难道你打算让大塔特尼斯背上黑锅？"

"你认为我会如此愚蠢吗？塔特尼斯家族已成为丹摩尔最灼手可热的明星，这个家族中的每一个成员获得的不仅是陛下的赞赏，更有绝对的信任。

"将黑锅丢给大塔特尼斯，最终会被砸到的只能是我们自己。"霍德连连摇头说道。

"那就是说，老威利将是受害者。我一直以为你是巴甫最好的朋友。"特立威有些不屑地说道。

"没错，巴甫确实是我最好的朋友，他曾三次向他的父亲老威利推荐过我。

"不过老威利绝对不是我的朋友。他不但没有帮我，当初我受他人推荐、有机会担任制造监督的时候，正是他搁置了那个提议。哼哼，有人拜托他将那个职位给另外一个人。

"你非常清楚，自从新的制造监督上任后，你们手里的武器和箭矢和以前有多少不同，那个家伙在每一支箭矢上面抠走了一厘五。

"我的朋友，这就是现实。如果不铲除这些家伙，最终死的就是你们，而你们一旦完了，我们也别想活命。

"我曾经想过和大塔特尼斯一样离开这个地方，但是我最终也狠不下心来。不得不承认我在很多方面比不上那个人。"霍德用异常冷漠的语调说道。

"这样说来，你并非只想报复老威利当初对你的压制，你的手里还有另外一份名单。"特立威问道。

"难道你和你的哥哥还没有从以往的蠢事之中吸取教训？

"你们选择的郡守大人不仅是个相当愚蠢的家伙，最致命的是目光短浅。他只能够看到鼻子底下一寸左右的地方，嫉妒、贪婪、愤怒——任何东西都能够轻而易举地蒙蔽他的眼睛。

"不过，挑选了他作为盟友的你们，眼光更为短浅。你们选择了一个只会将你们送上绝路的家伙，你们的盟友，正在替他们自己也在替你们挖掘坟墓。

"最近我一直在怀疑克曼狄家族的智力。事到如今，你们仍旧庇护那些正在置你们于死地的家伙，是你们那强硬无比的态度让统帅部派出的调查团难以进行裁决。

"他们并非没有权威和实力。只要关闭通往北方的所有通

道，并且向丹摩尔的国民宣布你们是叛逆，恐怕用不了三天时间，克曼狄家族和你们的部下都将束手就擒。

"统帅部派出的调查团之所以没有这样做，更多的原因是因为你们是拥有功勋的军人。对于你们的爱护和宽容，同样也令他们无法对付那些原本应该被清除的蛀虫。投鼠忌器，是他们最大的难题。

"我相信，此刻克曼狄家族在统帅部和参谋部的眼里，已沦落为不肯听话的坏小子，不知道这是否就是你的哥哥和你拼死拼活想要得到的东西？

"在国王陛下的眼中，统帅部和参谋部也正变得越来越难以信任，之所以如此，原因仍旧在于你们。

"因此，他派出了第二支调查团，这便意味着，他对于军方已经失去了耐心和信任。

"我的话说得足够明白了，我并不打算小瞧你的智力，不过我还是非常愿意告诉你另外一个消息：国王陛下的慷慨无私并非虚妄不实的赞颂，他至今仍旧没有彻底关上恩赐的大门。

"因为担心第二支调查团有失公允，他暗中派遣了一位微服私访的钦差大臣，这应该是一位王室的远亲，一位不知姓名的公主。为了公允，这位王室的远亲甚至比第二支调查团更早来到北方。

"此刻他们就在这里，在这座房子里面参加舞会。是一个非常偶然的机会令他们的身份得以暴露。你应该听说过凯里虚的怪癖，他喜欢检查别人马车上的钢印，谁会没有事情去这样做？钢印上面又能够看出些什么东西？但是偏偏这一次就是如此凑巧。

"如果你有兴趣的话，我可以带你去欣赏一下那辆马车。一辆两轮轻便旅行马车，却拥有着最为精致的钢套轴承和满布的弹簧，以及王室第一御用工厂的钢印，和血统纯正优良的骏马。凯里虚对这辆马车的估价是三十万金币，和这座宅邸一样的价钱。

"不过，这还没有算上马车后部隐藏在不起眼角落中的一枚纹章——玫瑰花瓣形状的盾牌。你和你的哥哥或许不知道那意味着什么，不过你们可以问问葛勒特侯爵，他对于纹章学肯定有些研究。"霍德不紧不慢地说道。

所有这一切，显然大大超出了特立威的预料，他茫然地站在那里愣了好一会儿。

"带我去看看那辆马车。"特立威突然说道。

"如果你不在乎肮脏的话，我非常愿意。不过我得警告你，那上面沾满了老威利的唾液。"霍德站起来说道。

看着少年黯然离去的背影，霍德的嘴角挂起一丝冷笑。他仰头望着星空，感觉已很久未曾像现在这样心情舒畅。

这时，远处传来巴甫的声音："霍德，到底发生了什么事？为什么特立威不辞而别？"

"噢，我的朋友，你是来向特立威表示抱歉的吧？我猜想你根本无法劝服你的父亲，因为蒙森特郡的金库里面根本就没有多少金币。"霍德淡然地说道。

"唉，事实上我应该感到庆幸，特立威的离开让我用不着为了如何面对他而感到忧愁，在这件事情上我感到相当惭愧。"巴甫重重地叹了口气说道。

"我相信，你之所以感到惭愧，是因为你已经知道一部分钱的去向了吧。"霍德笑了笑说道，"你的父亲伯爵大人，在书房

新的魔族

中和郡守大人进行的密谈恐怕是在核对金额和账本吧。"

听到这句话，巴甫无奈地摇了摇头，他根本无力反驳。

"我的朋友，你是否愿意听从我的忠告？"霍德缓缓地说道。

"噢，我对你一向无比信赖，你是我们之中最高明的一个。"巴甫用异常诚恳的语调说道。

霍德只能用一声咳嗽来掩饰自己的尴尬，显然巴甫的这种信赖对于他是一种负担。

"我的朋友，你是否想过暂时离开蒙森特，到其他地方避避风头？或许这里很快便会风云突变。"霍德叹了口气说道。

这番话令巴甫猛然一惊，他瞪大了眼睛看着自己的好朋友。过了好一会儿才问道："你刚才不是说过，那位小姐是所有人的希望吗？"

"不、不、不。"

霍德连连摇头说道："最糟糕的事情不是来自于调查团。其实，在我刚刚看到特立威之前也从来没想到一件事情，或许郡守大人和你的父亲同前线军官们的蜜月期已经结束。

"我的朋友，就像你没有办法劝服你的父亲，你的父亲不可能将填补进财政亏空里面的金币拿出来，郡守大人不可能遏制住他对于金币的贪婪和渴求一样，这个世界上有很多事情是你们所无法扭转的。

"巴甫，平心而论，如果你站在那些军官们的立场上，你将会有什么样的感受？

"统帅部的调查团刚刚受到重大挫折，因为克曼狄家族力保郡守大人和蒙森特的官员。因此，几乎每一个人都认为联盟牢不可破。

"但是刚才，当我看到特立威那愤怒的神情，当我看到你无

133

可奈何地返回这里，我突然间想到，那笔给得异常爽快的巨额军费或许是大塔特尼斯手持的利刃。

"就这么轻轻地一挥，你们和军队之间看上去牢不可破的联盟，便出现了不可弥补的裂缝。

"我不知道特立威的不辞而别是否意味着联系已被彻底斩断，如果是这样的话，你最好先给自己留条后路。

"如果没有那些军官们撑腰，郡守大人的位置根本就岌岌可危，想要弄掉他的人数不胜数。

"事实上，就连军队高层里面这样的人都不在少数。据我所知，葛勒特将军便视他为罪魁祸首，他之所以隐忍不发，只是为了保全克曼狄家族和那些军官们。

"而你的父亲同样难以保全。没有人比你更加清楚，你的父亲在这件事情上扮演了什么样的角色。难道伯爵大人真的只是得到了守备的职位和这座宅邸？"霍德摇了摇头，显然对此丝毫都不相信。

"难道已没有其他办法可以挽救这一切？"巴甫焦急地问道。

"有！我刚才已经说过了，让你的父亲将已经分发出去的军费重新追讨回来，让郡守大人吐出他曾经吞到肚子里面的所有东西，将这一切都交给特立威，让他带给克曼狄伯爵。"霍德淡然地说道。

他非常清楚，自己所说的一切根本就没有可能。那些军费恐怕早已被用来偿付债务，或者根本已经被挥霍殆尽，而郡守更是一个贪婪无比又短视的小人，想要夺走他的财产除非砍下他的脑袋。

正如霍德预料的那样，巴甫的脸上露出无奈的神情。

霍德此刻已无话可说，他只能轻轻拍了拍巴甫的肩膀，这

是他惟一能够给予的安慰。

看着巴甫同样充满失落和彷徨的背影，霍德感到有些无可奈何，他重新抬起头仰望着星空。

此刻他只希望能够冷静一下，因为他的心中充满了各种情感——发泄怨怼之后的轻松，报复之后的喜悦和满足，对于未来美好前程的憧憬和想往，还有那淡淡的背叛朋友的愧疚。

无可否认，这确实是背叛。背叛曾经信赖过他并且给予他许多帮助的朋友。

不过只要一想到老威利，霍德又感到这种背叛没有什么可耻的了，因为是老威利首先背叛了他。

将一切喜悦满足和愧疚的感觉全都从脑子里驱逐出去，所剩下的，就只有对于未来的想往。

事实上，他一直在等待着这样一个机会。自从听说了大塔特尼斯在京城中的作为之后，他感到更加迫切。

一直以来，他都不承认大塔特尼斯的能力。在他看来，大塔特尼斯之所以能够获得成功，而他总是碰壁，是因为他的运气欠佳，并非家族的长子，没有显赫的爵位。

但是，从京城中传来的一连串如同奇迹般的传闻，令他彻底心灰意冷。

回过头来重新看看大塔特尼斯，他突然间发现，大塔特尼斯和他拥有着一个最大的不同，那便是大塔特尼斯谨慎却并不在乎冒险。

这或许是塔特尼斯家族成员一贯的性格，只要听听老塔特尼斯伯爵的传奇，还有塔特尼斯家族幼子穿越奇斯拉特山脉的经历，所有的一切都完全能够理解。

因此，他打定主意，不再让过度的谨慎小心令自己变得庸庸碌碌下去。

大塔特尼斯在京城之中所取得的辉煌胜利，令他突然间看到了一丝光明。

往崇高位置上攀登并非像他想像中那样爬上阶梯而已，在他前面的台阶上站立了太多人，而且还时不时地凭借着特权插到他的前面。

以往，他只是等待，或者千方百计想要得到前面某个人的承认，以便插到稍微前面一点的位置。

但是大塔特尼斯的作为令他恍然大悟，原来登上那个台阶最迅速的方法，是手持一把锋利的砍刀，将阻挡在前面的人全部砍倒。

霍德站在星空之下大口呼吸着芬芳青草的气息，在他的感觉之中，却仿佛带着浓浓的血腥味道。

他仿佛看到尸体成片倒在面前的景象，这并非是他想要的，他真正需要的，只不过是那空出来的位置。

而此刻，如果不牢牢把握住这个机会，他实在是太对不起自己。国王陛下接二连三地派遣两拨调查团，意味着他的耐性已到了极点。偏偏这个时候，郡守这个鼠目寸光的蠢货，还激怒了一向给予他支撑和庇护的军方。这歌舞喧闹的舞会场在特立威的眼里，恐怕是最冷酷而又令人难以忍受的讽刺。

霍德相信，克曼狄家族绝对不会干净和清白，因为郡守至少不会吝啬到不给他们一点好处。

但是，这一点点好处根本就无法弥补他们在军队丧失的威信。当自己最根本的基础受到威胁，将是任何额外的利益都难以弥补的，想要重新赢得部下的信任，就不得不和以往的盟友

翻脸。

如果说到背叛，在这件事情上又是谁背叛了谁？背叛者难道是郡守，因为他伤害了共同的利益？

抑或克曼狄伯爵才是真正的背叛者，因为他彻底改变了初衷？

这个问题，任由谁都难以解释清楚，惟一清楚的便是，这两个曾经的盟友即将成为致命的仇敌。

霍德非常清楚，这两者之中的任何一方都别想赢得好处。事实上，所有的一切，在新任的财务大臣慷慨无私地批准军费请求的时候，已经确定下来。

他越来越佩服大塔特尼斯。

这个高明的家伙什么都没做，甚至没有露出丝毫报仇的意思，便轻而易举地替自己报了仇。

这才是运用权术的最高境界，圆滑变通又杀人于无形。

这绝对是自己应该学习的榜样。现在他最应该做的，便是令屠刀变得更加锋利，如果想要出人头地，前面那些压制着他的人必须要彻底铲除。

调查团那方面，根本就用不着感到困难，他们原本就打算拿郡守开刀。霍德只是在犹豫，是否应该亲自往特赖维恩堡走一趟？克曼狄伯爵这个武夫不是一个聪明家伙，他甚至连他的弟弟特立威都比不上。

更何况，往特赖维恩堡走一趟，并不只是为了说服克曼狄伯爵，更需要和他约定，由他支持自己登上梦寐以求的台阶。

经历过这件事情，克曼狄伯爵应该懂得，与其和贪婪又愚蠢的人结成盟友，还不如和一个聪明人联合。

或许，还应该去一次波尔玫。葛勒特侯爵显然比克曼狄伯

爵更有价值，由他来推荐，要远比得到克曼狄伯爵的首肯来得有力，也十有八九会更加方便。和克曼狄这个武夫比起来，侯爵大人要聪明许多。

霍德想到这里，转过头来看了看远处。

那紧紧拉着窗帘的窗口能够看到朦胧的人影攒动，这是一幅多么轻松热闹的景象，一直以来他都被某种无形的力量隔绝在外。

他悠然欣赏着眼前的景象，但是脑子里面却满是血肉横飞的杀戮场。

既然他被排斥在外，就让这一切变成一片坟场，让这些先生们和女士们在地狱深渊里继续他们的舞会。

 **7 投 机**

　　苏普利姆宫的早晨永远是那样喧哗吵闹，结束了夏日祭的国王和王后终于搬回了这座位于拜尔克中心的宫廷。

　　和只是猎宫的奥墨海宫不同，丹摩尔人只承认苏普利姆宫是真正的宫廷。这是一座由前后三片连绵起伏的建筑组合而成的宫殿群，中间用一座座广场和花园隔开。

　　这里的面积或许没有奥墨海宫那样开阔，不过磅礴的气势却没有任何一幢建筑能够与它媲美。这里的每一个角落都布置着最为美妙的艺术大师的作品，而建筑物本身也是最高的艺术杰作。

　　苏普利姆宫最恢弘和庄重的仪式，莫过于国王陛下起床的时刻，内阁重臣都恭候在一旁，侍奉这位至尊的陛下起床。此时也是处理朝政的时刻，听取内阁报告和各地汇报摘要，是每天清晨最重要的一件事情。

　　两位宫廷侍从正替国王穿上金丝织绣的华丽外套，另外两位侍从捧着大盾一般的玻璃镜子走来走去。

　　陛下的脸上则喜气洋洋，如此轻松喜悦的心情对于这段日子的他来说并不平常。

"法恩纳利伯爵干得非常不错，我就说这件事情并不困难，难的是没有人将心思放在工作之中。"陛下训斥道。不过他的语调倒是非常和善。

"报告中是否提到，他打算如何处理这件事情？"詹姆斯七世问道。

"陛下，法恩纳利伯爵并没有提到如何处置北方诸郡那些贪婪腐败的官员。不过我相信，这根本就用不着太担忧，法律条文中有非常详尽的条款和细则，法恩纳利伯爵足以在上面找到合适的方式。"老迈的内阁总理大臣必恭必敬地说道。

"塞根特元帅，你有什么看法？

"为什么第一支调查团未曾解决这件事情，而法恩纳利伯爵率领调查团一到那里，所有的问题都迎刃而解？"

这番话让底下的所有人面面相觑。

对此，他们确实有些诧异，在如此高兴的时刻，国王陛下仍不肯放过军方派出的第一支调查团，到底意味着什么？

"陛下，我感到非常惭愧，我的部下未曾完成赋予他们的职责和使命。"老元帅皱紧眉头想了一会儿，这件事情确实令他感到棘手。

从前方传递回来的消息中，他清楚地知道几乎所有的内幕。

这不能不说是一场巧合，如果真的要说谁才是这件事情最大功臣的话，无疑得归功于新任财务大臣塔特尼斯伯爵。

现在想来，当初他如此慷慨大方地拿出巨额的军费开支并非毫无道理，从那个时候开始一切已尽在他的掌握之中。

年迈的元帅感到深深的无奈，在和这样一个对手较量的时候，他感到有些力不从心。

"陛下，有一件非常重要的事情，我希望能够向您单独汇

新的魔族

报。"塞根特元帅说道。

"如果是和这次调查团有关的事情，你就在这里进行陈述好了，我希望能够听取所有人的意见。"

至尊的陛下没有给予年迈的统帅任何回旋的余地，直截了当地说道。

塞根特元帅皱了皱眉头，最终点了点头。

"陛下，葛勒特将军向统帅部再一次呈文，希望陛下能够再拨给一些军费。您虽然已慷慨大方地拨出了一笔巨款，但到了前线将士手里已经所剩无几。

"法恩纳利伯爵在报告之中没有来得及详细说明情况，他只是简单地说，蒙森特郡官员的腐败与堕落令人震惊。葛勒特将军递交给我的报告中详细描述了情况严重的程度。

"蒙森特郡最高行政长官夏姆伯爵从军费中贪污五十万金币，负责军费发放的大小官员共贪污了七十一万三千金币，挪用了五百三十五万三千六百五十三金币。

"被挪用的军费中只有极少数用于勃尔日城的防务，有将近三十余万金币被当地官员巧立名目挥霍殆尽，其他大部分军费被挪用来填补蒙森特郡历年欠下的巨额亏空。

"葛勒特将军在报告中提到，他和法恩纳利伯爵极力想要挽回巨额的军费损失，但是为时已晚，追讨回来的只是很小一部分，那些填补亏空的部分已无法追回。蒙森特历年的积欠简直骇人听闻，那根本就是一个无底洞。"

老元帅说到这里闭上了嘴巴。

旁边的人也同样低头不语。

每个人都非常清楚，国王陛下刚刚好起来的心情将因为这个报告而变得荡然无存。

141

正如所有人预料的那样，陛下的面孔变得越来越严肃和凶厉起来。

他用凶悍无比的目光瞪着塞根特元帅，过了好一会儿之后，又转到了内阁总理大臣的身上。

"可恶!"

陛下用喷火的目光扫视着所有人："该死! 这些人比老亨利更加该死。"

宽敞的寝宫中只有国王陛下回荡的怒意，没有人打算在此时此刻发言，显然这绝对不是一个好时机。

"需要增加多少军费?"

过了好一会儿，国王压下了心头的怒气。

"至少四百万，而且必须尽快。

"事实上，令葛勒特将军最为担忧的是，已经发放到士兵手里的武器可能大部分都需要重新制造。这又是一笔巨大的浪费，而这笔浪费的金额还难以估计。"塞根特元帅皱紧了眉头说道。

"又是和当初那些巨弩一样的情况?"刚刚令怒火稍稍平息下来的国王陛下再一次提高了嗓门。

"腐败者的作为，古往今来都是一模一样。"塞根特元帅叹息道。

"难道就没有人监督武器的质量? 葛勒特将军怎么会接受那些武器呢?"国王陛下的怒火越来越旺盛，已经到了暴跳如雷的程度。

"前线吃紧，有总比没有强，那些腐败堕落的家伙就是看准这一点，才会如此肆无忌惮。

"令人感到悲哀的是，当我们彻查制造监督和有关负责人的账目时，发现他们费尽心机地偷工减料，只是为了给自己捞取

新的魔族

一万金币都不到的好处。"塞根特元帅神情凝重地说道。

"哈哈——"

国王陛下怒极反笑，不过他脸上的表情却比哭还难看："一万金币，噢，只有一万金币，却令国家造成无穷的损失！噢，绝对不能够判处那些罪犯死刑，不能，绝对不能，我有办法对付他们。

"噢，我曾经对别人宽宏大量，现在看来错的是我自己，对于某些人绝对不能仁慈，要不然父神不会创造了地狱。

"告诉法恩纳利伯爵，所有罪犯一概不能判处死刑。

"要把他们养得白白胖胖，让最好的牧师精心照管他们，让他们身体健康强壮，这样才能够在严刑拷问之下支撑得更久。让刑讯官们仔细询问这些犯人从六岁开始，每天三餐的内容，一天一天地问，连零食也不要错过。"陛下愤怒地说道。

这番话就像是一阵冷风，钻进了在场所有人的领口中。

每个人都非常清楚，没有人会看这样的审讯报告，国王陛下真正想要的只是一个名副其实的人间地狱而已。

虽然心知肚明，但是没有一个人敢替这些人求情。

"塔特尼斯伯爵，从国库这中再调拨四百万金币是否能够办到？"怒气稍稍发泄了一些之后，陛下终于想起了最为重要的事情。

"陛下，如果您能够给我一个月的时间，绝对没有问题，如果要我立刻拿出来，同样也能够办到。但是，我担心这会影响国库正常的周转和运行。"塔特尼斯伯爵小心翼翼地说道。

这次他不再像上次那样慷慨。

对于他来说，计划的第一部分已经成功，事实上，最终的结果比他原本设想的更加完美。

143

"一个月的时间恐怕有些来不及吧。"塞根特元帅在一旁喃喃自语地说道。

"陛下，我马上有两笔支出。三天后，各地制造的巨弩即将验收，虽然我可以只给他们三成作为预付款，不过，这仍旧是一笔相当巨大的数字。

"除此之外，两年期的夏季国债即将到期。虽然我寄希望于民众会再一次购买国债，甚至比以往买得更多，但是此刻的局势却令我担忧，我甚至有些担心会发生挤兑。"

这番话令国王陛下和塞根特元帅都皱紧了眉头，他们在这方面并不擅长，不过挤兑会引发怎样的危机他们倒是很清楚，因为丹摩尔刚刚便经历过这样一场动荡。

"陛下，能否没收那些罪犯的财产来弥补眼前的损失？"塞根特元帅小心翼翼地说道。他知道这样的提议意味着什么。

至尊的陛下同样也有些犹豫起来。

这显然是一个棘手的问题。如果这样做的话无疑便开了一个极为恶劣的先例。没收所有财产会令人感到王权不受限制，这绝对会引发激烈的冲突，无论是内阁还是长老院，无论是拜尔克还是各地，无数人会因此而感到岌岌可危。

"陛下，没收财产绝对不是一个好主意。"

塔特尼斯伯爵立刻站出来说道。他会反对国王陛下的意愿显然出乎所有人预料之外："更何况，没收财产万一牵连到其他人，执行起来将会变得更加麻烦。一个稍稍有脑子的人，想要藏匿自己的财富实在是相当容易。"

"那么，你是否有更好的主意？"国王陛下微微有些不悦地问道。虽然对塞根特元帅要求没收财产的提议感到有些为难，不过平心而论，他确实非常赞成这样做。现在新任财务大臣突

然间站出来反对，这怎么能令他高兴得起来？

"陛下，我有个不成熟的建议。作为一个出生和成长在蒙森特郡的人，我个人愿意捐献一百万金币作为军费。我同样也相信，在蒙森特，北方诸郡的贵族们非常愿意拿出自己的财产。

"这不仅仅能够令他们获得平安，在魔族侵袭即将再次来临的时刻免于死亡，同样也是一种为国分忧的证明。

"丹摩尔王朝赐予我们所有人领地和财富，原本就是希望我们在最关键的时刻拿出我们的勇气和一切，来维护国家的平安和稳定。

"我相信以我的力量，根本就没有办法在魔族入侵之中保护好任何一个人，我的力量实在薄弱，甚至连我的弟弟，剑技都远比我高明。我所能够做的，只有拿出自己微薄的财产，请塞根特元帅和前线的将士代替我尽我的职责。"

塔特尼斯伯爵的话令陛下极为喜悦，他感到自己没有看错人。

对于底下的群臣来说，这番冠冕堂皇的话同样令他们哑口无言，他们完全相信，塔特尼斯伯爵会履行他的诺言拿出一百万金币，这个家族的慷慨和精明早已为众人所知。

这样做显然拥有无数好处。

进一步建立起慷慨的名声，得到众人的支持还在其次。经过这件事，塔特尼斯家族彻底获得陛下的信任，显然是毫无疑问的一件事情。不过对于陛下来说，真正重要的是，这确实能够为他解决眼前的难题。

没收财产显然过于难听，执行起来将受到无比巨大的压力。但是自愿捐献就完全不一样了，至于出于什么样的自愿其中大有讲究。

能够站在这里的人，没有一个是真正的傻瓜。他们能够猜想用什么样的办法让别人全都自愿捐献，并且尽可能多的捐献金钱。

没有人敢站出来反对，因为每一个人都知道，国王陛下肯定会非常赞赏和喜欢这个建议。

最繁忙、热闹的国王陛下起床仪式之后，众大臣们并没有分散离开，大多数人仍旧逗留在宫廷之中。他们等待着被陛下单独召见，听取具体汇报。

这是每天必须完成的工作，大多数官员会在等候中消磨掉整个上午。只有最忙碌的官员会暂时回到自己的部门工作，等到宫廷派出使者来传唤他时，再回到这里等候召见。

离开的除了最为红火、同样也是最为忙碌的财务大臣之外，便是统帅部和参谋部的军官们。

其他人则无所事事地聚拢在宫廷大厅中静静等候着，没有人敢于离开和交头接耳。连在小客厅休息的位高权重的大臣们也同样小心翼翼，不敢有丝毫的差错。毕竟这是在宫廷中，一切都会轻而易举地传递到国王陛下的耳朵里。

在马车上，塞根特元帅和他的参谋长手里各拿着一份报告，那是财务大臣事先早准备好了的。

"未卜先知的塔特尼斯，真是形容得一点都没错。"参谋长苦笑着说道。

"你看得懂这些东西吗?"年迈的元帅弹了弹手中写满计算公式的纸片问道。

"那东西比魔法师的咒文还令人难以理解。我只知道一件事情，那便是国库里面拿不出钱来。"

新的魔族

"这是真的吗？"老元帅再一次问道。

"谁知道？或许是真的，或许正好相反。即便是假的，只要塔特尼斯伯爵说这是真的，又有谁能反驳？拜尔克城里，又有几个人能够看懂我们手里的这张纸片？"参谋长无奈地说道。

"你认为这是某种刁难吗？"老元帅问道。

"那倒未必。在我看来，大塔特尼斯之所以这样做是希望给予自己更大的展现空间。唉，仅仅只是一百万金币，便能轻而易举地达到这个目的。一百万金币对于塔特尼斯家族来说，根本就是一个小数字。

"是的，非常精明的家伙，在这件事里面他是最大的赢家。用给予北方的军费让克曼狄和郡守彻底翻脸，他恐怕早已预料到军费会被挪用。

"我相信，他也预料到葛勒特将军会再次提出调拨军费的要求，因此用慷慨的捐献来获得陛下的欢心，同时，轻而易举地得到前线军官们的赞赏。

"我相信，这位先生还有另外的打算。

"毫无疑问，对于那些被认定有罪的官员来说，自愿也意味着身不由己，不得不那样做。用这种方法洗劫财富，不仅更加干净彻底，而且还能够拥有绝佳的名声。大塔特尼斯干这种事情，恐怕已经不止一次了。

"我听说，他在来到京城的半路上，就曾经用差不多的方法洗劫过一座小镇，不但没有令他背上魔鬼的名声，反而还给予了他圣贤的头衔。

"不过我确信，让身犯重罪的家族自愿掏出金钱，绝对不会由这位先生亲自动手，甚至连他的同盟法恩纳利伯爵也十有八九不会插手这件事情。这些不名誉的勾当肯定会踢给克曼狄那

个愚蠢的家伙来干。而我又看不出，葛勒特将军有什么理由来阻止这一切。

"前线将士心中的怨愤如果能够找到地方发泄总是好的，不过这样一来，驻扎在北方的军团和当地民众之间肯定会产生隔阂。

"而此刻，对于当地民众来说，惟一有可能拯救他们于水火之中的，就只有高高在上并且深获陛下信任的财务大臣阁下。

"我相信，到了那个时候，只要给予一些空头许诺，或者一些小恩小惠，塔特尼斯家族将会成为救世主。

"噢，这个高明无比的伪君子，我几乎已能看到他的成功。"参谋长露出了无奈的苦笑。

"机关算尽，唉，到了这个时候，还费尽心机替自己谋划利益，谁知道当魔族再次发起进攻的时候，我们是否还能活在世上。"年迈的元帅叹息道。

这一次，参谋长没有办法加以回答。

而此刻，在塔特尼斯家那座奇特而又优雅的宅邸之中，塔特尼斯伯爵正吩咐手下清点着金币。

正中央一张巨大的会议桌上铺着一层绿色的毡垫，上面摆着一堆堆金币。每十个金币被整齐地叠放在一起，一排排紧紧挨在一起的金币就仿佛是一座方阵一般——一座用金币堆成的战阵。

在会议桌的旁边放置着一个个红色天鹅绒的钱袋，总共五个，其中的两个已被解开，干瘪的形状证明它们已经空空如也。

在会议桌的另一头放置着一个盒子，看上去像是放置着重要文件，里面叠放着十个很扁的盒子，仿佛是矮橱和里面的

抽屉。

一个会计正小心翼翼地将摞好的金币放进扁盒子里面，扁盒子的高度，正好能够放得下十枚叠在一起的金币。

看着眼前的一切，塔特尼斯伯爵确实有些心痛。捐献一百万金币说起来轻松，却令他感到心疼不已，他绝对不是一个慷慨大方的人物。

惟一值得庆幸的是他在来的路上洗劫了那个小镇，从中获得的利益差不多能够令他承受得住巨大的损失。

尽管慷他人之慨，不过塔特尼斯伯爵仍旧感到浑身无力，看着会计们清点这些金币，无疑将是他最后一次看着它们。

突然间房门被打来，原本令系密特的哥哥感到有些不快，不过当他看到走进房门的是自己的妻子，立刻变得眉开眼笑起来。

"亲爱的，没想到你会来看我。"塔特尼斯伯爵微笑着迎了上去。

"我听说系密特传来了我父母的消息。"沙拉小姐有些焦急地问道。

"噢，是的。"

系密特的哥哥看了一眼停止工作的会计们，指了指桌子示意他们继续，而他则拉着妻子走进了旁边的一扇门。

门里面是他的办公室，不过他刻意将这里布置得像是一座书房。这或许有些附庸风雅，但是真正的原因在于赫赫有名的查理三世的办公室也是这个样子，而当今的国王对于这位传奇般的陛下推崇备至。

"亲爱的，你说得不错，我可以非常高兴地告诉你，你的父母平安无事，而且身体非常健康。

"还有一件值得庆祝的事情，你的二姐已经怀孕，好像是在我们刚刚离开后不久就发现的事情。"塔特尼斯伯爵笑着说道。

"实在是太好了，我正打算回去一次。我从来没有离开过故乡，更没有离开过父母身边太过遥远。"沙拉立刻说道。

不过这番话显然无法令她的丈夫感到高兴。

事实上，系密特的哥哥有些措手不及。他虽然非常清楚自己的妻子有些任性，但是绝对未曾想到妻子会抛弃他一个人前往北方。

"噢，不……这不会是真的吧！亲爱的，你在开玩笑，这里到蒙森特千里迢迢，我怎么放心让你独自前往？

"更何况，北方还有魔族的威胁，至今仍未肃清。你难道忘记了吗，我们来的一路上经历了多少艰险？你难道忘记了，那一颗颗被小系密特砍下来的魔族的头颅？"塔特尼斯伯爵有些惊慌失措地说道。

"没有你所说的那样危险。听传闻说，通往北方的商路已重新开通。国王陛下不是连续派出了两支调查团吗？我没有听说调查团在半路上遇到什么危险。"沙拉固执地说道。

系密特的哥哥听到这里朝四下张望了几眼，小心翼翼地将窗帘拉上，凑到妻子的身边低声说道："亲爱的，千万别相信那些道听途说，如果商路已开通，为什么没有看到大量来自北方的难民涌进拜尔克？

"我得告诉你一个秘密，但是你千万不要四处传扬。

"所有这一切都不过是为了安定人心的把戏而已，从来没有商人前往北方，再丰厚的利润也比不上自己的性命来得宝贵。勃尔日河上的那些商船虽然确实不假，不过商船上箱子里放着的全都是石头而已。

"同样的事情也在其他地方发生。惟一真正在河上运输的恐怕就只有勃尔日的矿石，还有供应前方的军用物资。

"在这个人心惶惶的时刻，虚假的繁荣对于安定人心极为有利。此外，搬运石头也是一个不错的工作，能够让心怀不满的人一方面精疲力竭，另一方面也能够填饱肚皮。

"真实的情况是，所有通往北方的道路只有一条是安全的，那便是绕过括拿角行走在沙漠之中。这条惟一安全的通道地被严密地控制在军队手里，任何人都可以进去，不过除非拥有国王陛下的特别命令或者是军人执行任务，没有人可以通过那里出来。

"当然，另外几条通道是完全敞开的，不过据我所知，那里和地狱深渊的距离要远比拜尔克近得多。如果我们不是幸运地拥有奇迹般的力量帮助的话，或许早已丧生在茫茫无际的森林之中了。

"亲爱的，如果你回到蒙森特郡探望你的父母，我可没有把握能够令你平安地返回到我的身边。陛下禁止任何未经过允许从那条安全路径返回拜尔克的行为，要不然我早就将你的父母接到拜尔克来了。"

对于丈夫的这番话沙拉小姐并非完全相信，至少她不会相信自己的丈夫会如此好心地替她的父母着想。

"用不着你太过费心，最多我们回来的时候让小系密特保护我们从原来那条路回来，和你比起来显然他要可靠许多。

"事实上，我早已和玲娣商量好了，现在只是来告诉你而已。我们很快便会出发。"沙拉不以为然地说道。

"亲爱的，别这样任性，这对谁都不好。你做出的决定会令你受到伤害，甚至因此而送命。在这件事情上我无法迁就你，我相信文思顿也不会让玲娣如此胡闹。"塔特尼斯伯爵不以为然地说道。

"不，你正好说错了。事实上，正是文思顿替我们安排好了一切，虽然在担心我们的安全方面，他和你有着很多相似的地方。"沙拉冷冷地说道。

"这……我实在难以想像。我相信文思顿不可能如此愚蠢，他应该非常清楚蒙森特是多么的危险，魔族随时都有可能发起疯狂的攻击。"塔特尼斯伯爵满脸惊诧地说道。

"如果你不相信的话，可以去问文思顿本人。"沙拉说道，"对了，外面在干什么？你在清点自己所拥有的财富吗？"

"亲爱的夫人，你该为我的善行而感到高兴。我已承诺将捐献一百万金币用于巩固前线的防御。"塔特尼斯伯爵颇有些得意地说道。

"捐献？我知道你所付出的每一笔钱对于你来说都是一种投资，如此巨大的投资我相信已不只是获得陛下的信任和宠爱了，看来，只有获得晋升才会让你如此舍得下本钱。"沙拉小姐毫不留情地说道。

这番话令身为丈夫的伯爵大人微微一愣。他非常清楚妻子虽然敏感，却并不是一个很精明的人，而且对于政治一窍不通。现在她却一眼看透了他的目的，这完全是因为对于他的熟悉和了解。

"我不想骗你，你是这个世界上惟一我不想欺瞒的人，我承认之所以捐献这一百万金币，是为了将来投资。

"如果将来魔族最终战胜人类，没有任何话好说，我们所有人都将在另一个世界相聚。到了那个时候，我仍旧希望能够和你在一起。

新的魔族

　　"但是，万一我们幸运地消灭了魔族，我相信这一百万金币将替我换取巨大的利益。

　　"世袭土地和封爵是用任何金钱都无法买到的，如果是在平时，即便花再多钱都没有用。但是当国库里面没有多少钱的时候，这一百万金币就显得非常重要了。国王陛下的慷慨大方闻名遐迩，他肯定会设法进行补偿，而最方便的补偿方法便是暂时记住这份贡献和功劳。

　　"一百万金币并不是一个小数字，对陛下来说却没有多了不起，不过一旦被他当做是一份巨大的贡献，那么因此而产生的利益都将算在我的头上。

　　"就像当初的法恩纳利伯爵那样，请求陛下保有北方诸郡的并非只有他一个人，只不过他给陛下留下了最为深刻的印象。他所付出的就是努力，努力说服所有的人，努力运用自己所有的关系和影响力。

　　"在国王陛下看来，法恩纳利伯爵早就应该得到晋升，我相信这次他从北方回来，毫无疑问将得到晋升。

　　"我相信，这次的事情如果能够得到妥善的处理，至尊的陛下会感到异常高兴。陛下的心情和他的慷慨程度成正比，如此千载难逢的好机会，错过了岂不可惜？"塔特尼斯伯爵越说越兴奋。

　　"不过平心而论，这一百万金币也不完全是私心。

　　"无论如何，我总不可能希望魔族赢得这场战争的胜利。一百万金币不但能够用来修造不少防御工事，打造很多武器，真正重要的是，能够用来平息那些与我不和睦的军官的敌视。

　　"这可以让他们在抵御魔族的时候更加卖力一些。至少能够少些担忧，不至于认为他们在前线拼命，而我们在后方享受平

安，甚至还吞掉他们的利益。"

对于丈夫的理由沙拉一向嗤之以鼻，不过这会儿她倒也无话可说。

就像当初丈夫收留那些难民一样，这个卑鄙虚伪的家伙虽然一心一意只为自己打算，不过确实令许多人受益。

"祝你心想事成，我会在勃尔日为你祝福。"沙拉冷冰冰地说道。

"噢，亲爱的沙拉，我知道这非常困难，不过我仍旧希望能够劝服你。"塔特尼斯伯爵显露出少有的温情说道。

"我要去探望我的父母和亲人。"沙拉固执地说道。

"好吧！我得和文思顿谈谈，不知道他着了什么魔。"塔特尼斯伯爵无可奈何地说道。

此刻，在千里迢迢之外的奇斯拉特山脉的另一边，广袤无垠的森林和山岭之中，孤零零地建造着一座坚固的城堡。

这座城堡原本并不巨大，它的主体和其他普通城堡没有什么不同。不过，城堡的外围布满了临时建造起的防御工事，那些乱七八糟、交错堆砌在一起的花岗岩石条显然是从旁边的山上开凿下来的。

在坚固而又厚实的石墙顶上布满了尖锐无比的用削尖的铁条焊接而成的利刺。此外，石墙的前端还竖立着无数如同豪猪的针刺一般的细长刺枪，这些无疑是阻止魔族的最好武器。

四周的树木早已被砍伐一空，地面上同样插着一根根尖细的利刺。这些利刺整整齐齐地排列成一圈圈环形条纹，而空出来的小径显然是为了令士兵们能够自由通行。

这座巨大而又坚固的要塞便是特赖维恩堡，人类抵抗魔族

入侵的最前沿阵地。

在城堡的最高处耸立着一座哨塔，只有数平方米的塔顶四面堆满了箭垛。锥形的木质屋顶用来遮挡风雨，屋顶上覆盖着铅皮打造成的瓦片，用来防范点燃的箭矢袭击。

这座哨塔看上去仿佛是一根细长的烟囱，长长的楼梯笔直竖立在正中央，四周都被厚厚的墙壁所阻挡，以保证哨兵能够在最激烈的战斗中爬上塔顶，而不至于受到敌方箭矢的压制。

在这座哨塔顶上正站立着一位军人，上身只穿着衬衫，领口敞开着，下面穿着一条马裤，腰际佩带着一柄装饰精致的长剑。

他将双手搭在箭垛上眺望着远方，闪烁游移的眼神证明他的脑子里面正在想着很多事情。

一阵空洞的仿佛被放大而显得极为清晰的蹬踏楼梯的声音，令军人从思索中惊醒。

"特立威，是你吗？"克曼狄伯爵缓缓说道。

"任务已经完成。"上到塔顶的少年立刻敬了个礼说道。

"特立威，亲爱的弟弟，这里没有什么长官，只有我们兄弟两个。"克曼狄伯爵叹息道。

"葛勒特将军那里是否有什么消息？追加军费的事情怎么样了？"克曼狄伯爵接着问道。

"没有任何消息，不过我想，这次恐怕有些麻烦。在波尔玫的时候，我感到有种孤立无援的感觉，葛勒特将军明显对我有些疏远，其他军团的军官也是如此。

"我非常担忧他们已将我们和夏姆一伙划归为同类。"特立威说道，他的语调显得异常凝重。

听到这些，克曼狄伯爵沉默了许久。虽然这原本就在他的预料之中，不过当事实摆在眼前的时候，仍旧令人感到难以接受。

过了好一会儿之后，他才重重地叹了口气说道："我完全可以理解这一切。看来，当初我实在太轻信那个混蛋，低估了他的贪婪和愚蠢，以至于让我们陷入如此糟糕的境地。

"惟一令我感到庆幸的是，那个家伙没有兑现自己的诺言，将塔特尼斯家族的土地划归我的名下。

"大塔特尼斯临走之前，玩了一手极为高妙的把戏，令我们的计划全部泡汤，不过，却令我幸运地没有掉落到这个泥潭里面。也幸亏我们始终在特赖维恩堡。

"我们从来没有真正拿到过那二十万金币。现在，无论夏姆做出什么样的口供，所有贪污的钱全攥在他的手里，分文不少，就算他声称其中的一部分原本属于我所有，我也能够轻而易举地推卸出去。

"在这件事情上，你必须和我口径一致。我始终只相信你一个人，一切都交给你代表我去处理。只要不让这件事情沾染到我们身上，葛勒特将军和其他军官们的怀疑对我们来说就不算什么。"

"哥哥，那个佣兵怎么办？

"我们谎称第二支调查团带着数量巨大的军费而来，原本是打算让那个佣兵替我们解除危机，但是现在他却成为了我们最大的威胁。一旦那个家伙落在法恩纳利伯爵的手里，后果将不堪设想。"特立威连忙提醒道。

"是的，那个佣兵实在知道了太多秘密。不只这一次，还有那些运往拜尔克的魔族全都是通过他的手进行的，他非常清楚我们和老亨利之间的交易。

　　"为了以防万一，最好的办法当然是让他永远闭上嘴巴。

　　"不过，那个家伙是个非常小心谨慎的人物，特别是这次的失败，以及蒙森特郡所发生的事情，那个家伙肯定也在猜测我们有可能采取的行动。以他的为人，想必早已做好了准备，如果我们对他动手，也许结局将是同归于尽。

　　"要知道，如果是在往日，这种地痞流氓杀掉多少都没有问题，但是现在，所有人的眼睛都盯在我们身上，只要有稍微的破绽和差错，就足以令我们粉身碎骨。"克曼狄伯爵有些忧心忡忡地说道。

　　"或许我们和老亨利之间的秘密早已为别人所知。我实在难以想像，老亨利能够在严刑拷打之下坚持得下来。或许，陛下是有意替我们掩饰，毕竟他仍旧需要我们替他守卫前线。"特立威小心翼翼地说道。

　　"亲爱的弟弟，我并非是无法取代的人物，即便葛勒特将军也是如此。我甚至怀疑，陛下早已有心撤换掉所有高级将领，他对于军方的不满由来已久。

　　"我非常怀疑，他是否会替我们加以隐瞒。在他眼里，我们并不比魔族可爱多少。我甚至相信，陛下更愿意看到我们和魔族同归于尽，而不是我们胜利凯旋。

　　"只要看看老亨利的下场，你就应该明白陛下在这件事情上的宽容毕竟有限。如果他已从老亨利的口中得知我们的消息，恐怕我已是一具烤焦了的尸体。"克曼狄伯爵重重地叹了口气说道。

　　"难道这都是我们的过错？我们拼死拼活在前线作战，用生命和鲜血维护了丹摩尔的平安！"特立威愤愤不平地说道。

　　"亲爱的弟弟，不要再抱怨了，这个世界就是如此。看看夏姆和他的那些亲信，他们没有得到陛下的嘉奖，但是捞到的好处比谁都多。

"只可惜，当初我没有看到这个事实，反而和这些家伙结成了同盟，这是我一生最大的失误。如果当初没有听信那个家伙，没有将塔特尼斯家族当做是最大的仇敌，或许不会有其后的那一连串事情。

"那个该死的家伙，老亨利也是他引来的，但是他却自始至终没有亲自露面。原来我还没有想明白，为什么这个家伙一开始如此起劲，等到我和老亨利搭上了钩之后，却始终置身事外。看来，他早就知道和老亨利走得太近不会有什么好处。"克曼狄伯爵叹息道。

"哥哥，有一句话我必须要说，夏姆根本就是一个白痴。正如霍德所说的那样，他的眼光短浅至极。

"在我看来，他选择和我们结盟，只不过是为了打击塔特尼斯家族，他和大塔特尼斯之间的恩怨由来已久。

"同样，其后的一连串事件也是针对塔特尼斯家族的。他选择老亨利，并不是因为对那个家伙有多了解，或者老亨利还拥有多少价值，只不过是因为老亨利同样对塔特尼斯家族恨之入骨。只要是塔特尼斯家族的仇敌，他都愿意接受。

"同样，他的短视和浅薄也显露在和我们的联盟上。我们千方百计维护他，不惜令自己成为陛下甚至是统帅部讨厌的对象，所有这一切，都是为了联盟双方的利益。但是看看夏姆和他那一伙人，不但丝毫不考虑联盟的利益，甚至还千方百计挖联盟的墙角，将军费用来填补蒙森特历年亏空。这样的蠢事他们也做得出来，丝毫就没有想过，这会将我们逼到绝境。

"能够做到这种地步，只能够说夏姆是个十足的蠢货，我们

将因为这个蠢货而陷入绝境。"特立威摇了摇头说道。他的语气
中充满了遗憾。

"我非常担心，这个蠢货还会做出损人不利己的愚蠢勾当。
或许他在酷刑底下痛苦挣扎的时候会想到，我们能够平安无事
是一件难以忍受的事情，他的愚蠢十有八九会令他那样想。我
非常怀疑他会出卖我们所有人。"特立威继续说道。

"不错，一点也不错，得封住夏姆的嘴巴。但是，夏姆在法
恩纳利伯爵的手里，就连葛勒特将军也没有办法和他单独相
处。"克曼狄伯爵充满忧愁的说道。

"办法总会有的，只不过我们无法得知，这样做是否还来
得及。

"调查团因为获得了确凿的证据，根本没有动用刑讯，夏姆
或许还没有将我们和老亨利的事情供出来。

"不过很难说，夏姆是一条疯狗，对于他来说根本就没有所
谓的盟友。我们此刻的平安和自由可能已令他感到不满，临死
也要咬别人一口正是这种家伙能够做得出来的事情。"特立威
说道。

他的哥哥犹豫了片刻，最终点了点头。显然，克曼狄伯爵
对于这位当年的盟友也丝毫没有把握。

他可不打算冒险用自己家族的命运去赌郡守大人的操守，
这样做的风险实在太大。

"特立威，幸亏你的提醒，要不然我们恐怕将坠入万劫不复
的境地。"克曼狄伯爵轻轻叹息了一声说道。

"不，这并非是我的建议，而是霍德给予我的警告。"特立
威连忙说道。

"霍德?"克曼狄伯爵微微有些讶异地提高了嗓门。不过他

立刻又点了点头，显然他已经猜到为什么会这样。

"霍德那个家伙不会是出于友情而警告你吧？和夏姆一样，他同样也是一个小人，甚至连朋友都可以随意出卖。

"他惟一比夏姆好的地方，便是他更加聪明，而且目光也没有那么短浅。"克曼狄伯爵冷冷地说道。

"是的，勃尔日现在已空出来许多位置，不过即便如此，想要坐上这些位置还得有人推荐。霍德没有办法走通法恩纳利伯爵的门路，而蒙森特郡的贵族们自己都岌岌可危，惟一能够说得上话的，只有军方。

"因此，他一面极力钻营葛勒特将军的门路，一方面又希望我们能够推荐他。"特立威说道。

"是啊，他警告我们，夏姆是个巨大的威胁，如果我们按照他所说的那样除掉了夏姆，立刻就有一个把柄握在他的手里。"克曼狄伯爵愤愤地说道。

"但是，如果我们不除掉夏姆，我们很有可能陷入灭顶之灾。霍德非常聪明，他看准了这一点。"特立威说道。

"太聪明的人活不久。"克曼狄伯爵冷冷地说道。他的语气中充满了肃杀的感觉。

"不，哥哥，你曾经也这样说过大塔特尼斯，而且不止一次。我并不同意你的看法，聪明人或许会活得更为长久。难道你认为霍德比那个令你投鼠忌器的佣兵更缺乏谨慎？

"事实上，霍德已明确地告诉我，你也许会有这样的念头。他非常高明，而你并非是大塔特尼斯。

"我们没有任何选择，因为一切都在霍德的掌握之中。他甚至提出了能够令所有人接受的建议，由我们动手铲除夏姆这个祸害，不过由他来计划所有的行动。"特立威缓缓说道。

　　克曼狄伯爵沉思了片刻，他皱紧了眉头，弟弟的无礼并没有令他感到愤怒。

　　过了好一会儿之后，他才点了点头说道："既然霍德想要用这种办法表明他的心意，打算用同谋者的身份和我们结成联盟，我对此只能表示同意。事实上，我们确实需要高明的指点。"

　　特立威再也没有说什么，他点了点头，然后爬下了哨塔。

　　哨塔之上，只留下克曼狄伯爵一个人。他仍旧眺望着远方，眉宇之间的忧愁显得更加浓重和深沉。

8 勒　索

在勒尔日城北区一个不起眼的地方，建造着一座简陋而破旧的监狱，这里是蒙森特郡惟一的一座监狱。

虽然勒尔日城并非是一座小城，而且人口众多，即便在整个丹摩尔王国，也算得上较为繁荣的郡省，但是以往这座监狱里面很少有囚犯居住其中。

之所以会这样，并非是因为蒙森特民风淳朴，正好相反，这里比嫩松平原上的其他郡省拥有更多贪婪之徒。

不过，以往罪犯总是被看做是一种资源，勒尔日四周的庄园，全都非常欢迎这种免费的、可以任意驱使的雇工。

实在没有比囚犯更加勤奋的工人。因为对于那些不努力工作的家伙，可以用烧红的通条和带尖刺的皮鞭来进行说服和教育，而不像雇佣来的雇工一般，顶多能够用解雇来加以威胁。

因此，勒尔日的囚犯总是最抢手的货色，监狱大多数时间空空如也。

不过最近这段时间，这些监狱却装满了囚徒。

这些囚徒衣冠楚楚，一开始的时候，甚至还在监狱之中举行舞会，仿佛这里并不是什么可怕的地方，只是比旅店稍微糟

新的魔族

糕一些而已。

虽然囚徒之中也有一两个愁眉苦脸，不过从交谈之中可以听得出来，他们最为担忧的是，不知道要用多少代价来令国王陛下的愤怒得以平息，预料之中的罚款令他们感到忧愁。

这些人之所以如此悠然，因为在他们看来，他们和关在监狱最底层的那几个人有所不同。他们没有从那笔巨额军费中捞取分毫，填补蒙森特郡历年亏空的金币并没有落到他们的腰包之中。

只要每一次调查团的成员出现在这里，便立刻能够听到抗议之声此起彼伏，当然其间也有一些人苦苦哀求，不过这些意志软弱的人在蒙森特毕竟只是少数。

每一个人都在静静等待着陛下对于他们的裁决，很多人甚至已开始商量如何想办法上诉。他们凑在一起商量着上诉的门路，极力搜索着、寻找着所认识的长老院里面的熟人。

正因为如此，当调查团开始对他们进行审问的时候，很多人感到莫名其妙。

所有人被驱赶到了监狱二楼，点唱着人名。

这些高贵的囚犯们被一个个塞进牢房，只有正中央的走廊空了出来。走廊上每隔几米就站着一位彪形大汉，他们头戴着黑色的头套，头套上只挖出两个窟窿，让眼睛能够露出来。

彪形大汉精赤着上身，身上除了隆起的肌肉，便是粗长的胸毛。

地上则散乱放置着无数刑具，特别是那个熊熊燃烧着的火炉，令人感到不寒而栗。几乎每一个人都感到有些不妙，而更为不妙的是，他们看到四位罪行最为严重的人物被提了出来。

出乎预料的是，法恩纳利伯爵并没有出现在众人面前，主持审讯的，居然是一位没有名气的副官。只见他板着面孔站在正中央，用一种仿佛是看着死人的眼神扫视着众人。

过了好一会儿，他才冷笑着说道："法恩纳利伯爵已将各位所犯下的罪行向国王陛下进行禀报。但是陛下显然并不满意，各位的供词过于简单，缺少许多非常重要的细节。因此，我不得不再一次来到这令人不快的地方。"

"虽然我一点都不喜欢这里，不过这毕竟是陛下赋予我的使命。我希望各位能够尽可能地配合我，不要让我感到事情做起来太辛苦。"

说到这里，审讯官露出了不怀好意的冷笑："那么，我们开始审讯的程序。按照陛下的旨意，我首先得弄清你们六岁生日那天品尝过的美味，从早餐开始一直到夜宵，如果中间有零食，也绝对不能隐瞒。"

审讯官的话立刻招来了一阵嘲笑和辱骂，这里的人都以为他的脑子出了毛病。

不过，当他们看到四位曾经位高权重的大人物被八个大汉吊了起来，一阵阵声嘶力竭的惨叫声响彻整座监狱后，再也没有人敢发出任何一点声息。事实上，已经有十几个人昏厥了过去，不过他们非常不幸地立刻被冷水泼醒。

在监狱外面的广场上，无数人围拢在那里，他们并非是自愿来到这里，完全是被驱赶而来。

一阵阵惨叫声令所有人感到毛骨悚然，而更为恐怖的是，一位官员宣布了国王陛下的旨意，同样他也宣布了正在审讯的内容。显然陛下并不认为，审讯的主题是不能够为人所知的秘密。

　　和被关在监狱中的人不同，广场上没有人嘲笑，更没有人敢于谩骂，因为他们听到陛下的旨意是在阵阵惨叫声响起之后的事情。

　　凄厉的惨叫声令原本听上去非常可笑的事情变得一点都不可笑，而更不可笑的是，这些站立在广场上的人已想起了自己的命运。

　　这些人一大清早被吵醒，然后被守卫推搡着来到这里，像是一群无助的囚徒一般。在听到阵阵惨叫声，看到简陋、肮脏，到处爬满了苔藓，堆满了垃圾的监狱，都会胆战心惊地思索起自己的命运。

　　除了阵阵惨叫声，四周没有丝毫声息。每一个人都感到自己岌岌可危，大难临头的感觉笼罩在所有人的心头。

　　心思最为敏捷、脑子最快的人已经开始思索起，刚刚特使大人提到，有关塔特尼斯伯爵令人讶异的善举的用意。

　　事实上，勃尔日城里没有一个人愿意相信，塔特尼斯伯爵会为了国家利益慷慨大方地拿出一百万金币。

　　这位前任守备大人在勃尔日城里的声誉，远远没有他在京城拜尔克那样好。

　　特别是曾经在塔特尼斯家族工作过的佣人，从他们嘴里听到的伯爵大人，根本就是一个惟利是图、冷酷无情的伪君子。

　　就连塔特尼斯伯爵的岳父岳母，在谈到自己女婿的为人时也显得有些不以为然，这显然和认同有着极大距离。

　　如果说这位前任守备大人和此刻正惨遭酷刑的郡守有什么差别的话，或许就只有两者的智力。

　　塔特尼斯家族的智慧原本就为勃尔日城里的每一个人所认可，同样被他们认可的还有这个家族所拥有的胆略。

正因为如此，在场几乎所有的人都认定，塔特尼斯伯爵拿出这一百万金币肯定是在进行一场投资。

不过此刻，当阵阵声嘶力竭的惨叫声萦绕在他们耳边的时候，众人对于塔特尼斯伯爵的慷慨捐献有了另外一番更为深刻的认知。

最聪明的人很快便意识到，或许自己也应该捐献一些金钱出来。勃尔日城里没有一个官员敢于自称，自己绝对不会和贪污渎职案件有所牵连。

被瓜分和挪用的军费中的大部分被充填进了蒙森特郡历年的亏空之中，而这些亏空显然已被至尊的陛下牢牢地扣在了所有蒙森特人的头上。

只要听听凄厉无比的惨叫声，没有一个人有自信惨叫的人不会变成自己。广场上站立着的这些人全都微微地战抖着，他们根本不像是身处于温暖的初夏，反而像是赤身裸体站立在寒冬的雪地中。

当然，在勃尔日仍有人对外面所发生的一切毫不关心。并非每一个家族都有人被驱赶到监狱前的广场，聆听独特的"音乐会"。

温波特家族便是其中的一个。温波特伯爵本人是出了名的老好人，他盛产女儿的名声更给他带来了很多强有力的援助者。

而强有力的女婿中有一个正是大红大紫的塔特尼斯伯爵。因为这个原因，法恩纳利伯爵自然对温波特家族另眼相看，他不允许任何人骚扰温波特家族的安宁，当然，另外一个非常重要的原因是，塔特尼斯家族的幼子就住在这里。

对于这个小孩，调查团的大多数成员甚至表现出比对法恩

纳利伯爵更多的畏惧和恭敬。毕竟调查团的成员大多隶属于国务咨询会，而国务咨询会中的每一个人都非常清楚，塔特尼斯家族的幼子担任了什么样的职务。

很多人都曾听到过一个传闻，和老亨利有关的所有成员都是由这个小孩亲手处置掉的。他的工作甚至包括让老亨利无法随意开口。

这无疑是一个令人忧郁的工作，干这种工作的人，全都会被看做是死神，谁愿意去得罪一位死神？

不过，这一切并不为外人所知，调查团乃至和国务咨询会有关的每一个人都拥有一种美德，那便是守口如瓶。他们非常清楚，如果不能够很好地管住自己的嘴巴，或许死神就将站在自己面前。

因此，对于并非国务咨询会的人来说，塔特尼斯家族的幼子仍然是一个孩子，一个非常奇怪的孩子。

连温波特家族的佣人也觉得这位小时候就经常来的小少爷变得非常奇怪，不过反正塔特尼斯家族的子孙原本就被别人看做是怪物，这个小家伙的父亲就曾经是勃尔日城里被谈论得最多的主题。

幸好塔特尼斯家族的成员大多数都很和善，令人喜欢。大塔特尼斯恐怕是惟一的例外。温波特家族的很多仆人，甚至替沙拉小姐暗自遗憾。

和往常一样，温波特家族的大厅里充满了欢笑和喜悦，而能够制造出这些欢笑的自然非那位比利马士先生不可。他是温波特家族的常客，特别是当系密特住在这里的时候。

此刻，温波特家族的大厅里面，比往日更为热闹，除了比利马士先生还来了许多客人，不过他们或者可以说是这里的半个主人，因为他们的妻子全都出生在这里。

和所有家庭一样，男人们聚拢在一起高谈阔论，而女人们则在另外一个房间聊天。

有比利马士先生在场，大客厅之中永远不会缺少谈论的话题和喜悦的欢笑。

而另外一个房间里面，母亲和她的女儿们好不容易能够凑在一起，自然更有着说不完的话。

不过最为忙碌的无疑是系密特。他不停地在两个房间走来走去，一会儿是他的教父召唤他，拿他来逗乐一番，一会儿是女人们将他叫进房间，显然她们对于沙拉的一切都很感兴趣。

如果按照系密特自己的心愿，他是绝对不愿意待在女人们中间的。自从那次"受洗"仪式之后，他对于聚拢在一起的女人们，心里已产生了某种程度的抵触。在他看来，这对于他来说绝对没有什么好处，作为一个孩子，显然在这个时候显得最为不利。

他总是千方百计想要躲开这些女人，只要他的教父一传唤他，他立刻跑得比谁都快。

大客厅里谈论的话题也确实更加吸引他。

温波特伯爵是出了名的好父亲，他挑选女婿的方式以女儿们自己的心意为准。因此，这里的不少人并不拥有显赫的家世和豪富的身家。

对于哥哥的这些连襟系密特并不很熟悉，因为蒙森特人大多住在自己的庄园中，除非是那些在政府做事的公职人员。蒙森特人对于土地和庄园，拥有一种近乎盲目的喜爱。

是魔族将他们聚拢到了一起，勃尔日厚厚的城墙是吸引他们的原因。

新的魔族

　　在所有人之中最引起系密特注意的便是那位骑士。系密特知道，这位骑士的妻子是温波特家族的二女儿罗拉小姐——一位年纪不小、却总是充满着少女青春浪漫幻想的女士。

　　系密特记得很清楚，这位小姐总是喜欢推他荡秋千，令他记忆犹新的，便是那次令他飞出去、差一点摔扁了鼻子的经历。

　　系密特不知道这位女士在不远的将来，是否会和她自己的小孩玩这种危险万分的游戏。

　　已怀孕的罗拉小姐成为了那些女人们围拢的宠儿，而她的丈夫，这位英俊的骑士，自然也成为了大客厅里的头面人物。

　　系密特之所以会注意到他，倒并不是因为那个还待在罗拉小姐肚子里面的小婴儿，而是因为这位先生提到了一件令他关心的事情。

　　"你能够肯定，那两个士兵是被一柄细刺剑穿透了胸膛，而并非是死于箭矢？"系密特问道。

　　"我们绝对不可能认错。没有哪支箭矢能够造成如此整齐的伤口，即便是锥形箭头的弩矢，箭头和箭杆结合的部位仍会令伤口形成卷曲的破口，和皮肤肌肉比起来，沾血的木质箭杆仿佛是一柄粗糙无比的锉刀，只有光滑的金属能够令伤口保持如此光滑平整的模样。

　　"当然，也有可能是某种像长枪一般的东西，不过那枪尖必须足够细长，因为从伤口看起来，那两位不幸的士兵已被彻底穿透，而且枪尖也必须足够纤细，如同细刺剑的剑身。"骑士说道。

　　"那两个受到袭击的士兵的尸体是在什么地方找到的？"系密特忍不住再一次追问道。

"你对于这些很感兴趣吗？"骑士微微有些疑惑地问道。他觉得这并不是一个孩子会感兴趣的话题。

"是的，小心谨慎令我平安地从奇斯拉特山脉通过。"系密特说道。这番话没有一个人能够反驳，这原本就已被众人看做是一个奇迹。

"如果你对于这件事情非常感兴趣的话，我可以告诉你，那是在我的驻地班莫附近发生的事情。"那位骑士淡然地说道。

"班莫？为什么你们会在那里？魔族从来不曾在那里发起过进攻。"旁边的一位先生讶异地问道。

"我们同样也不知道原因，这是上面的命令。"骑士耸了耸肩膀说道。

"难道葛勒特将军担心魔族会占领那里的温泉？难道他害怕天然的热水能够令魔族在冬季充满战斗力？"另外一位先生调侃道。

"我不知道，事实上没有人知道。不过听说，驻扎在班莫的命令并非来自葛勒特将军的意思，而是魔法协会的建议。"那位骑士说道。

"魔法协会？这更令人感到不可思议了，不得不承认那些魔法师都是一些奇怪的人物。"温波特伯爵笑了笑说道。

"对了，小系密特，听沙拉说，你好像已成为波索鲁大魔法师的弟子，恭喜你，未来的魔法大师。"温波特伯爵说道。从他的脸上绝对能够看得出，那是真心的祝福和喜悦。

"噢，魔法师，这证明我的教育方式多么成功。小系密特，如果有机会的话，我为你介绍几位实力超绝的魔法师。他们来自一个神秘的不为人知的地方，那里建造着一座高耸入云的大法师塔，即便一个魔法学徒都拥有魔法协会之中大魔法师才拥

新的魔族

有的能力……"比利马士伯爵立刻开始了他的讲述,他滔滔不绝地说着他的故事。

系密特津津有味地听着,不过现在他已不会将这一切全部当真了。

就像当初的"蛮荒岛"一样,系密特相信所有这一切都只存在于教父的脑子里面。

正当比利马士伯爵说得起劲的时候,突然间,管家走到温波特伯爵身边,耳语了几句。

"噢,真是稀客,格琳丝侯爵夫人居然前来拜访。"温波特伯爵立刻说道。

所有人都将目光转向了系密特,显然他和侯爵夫人之间的关系早已为人所知。

"呵呵呵,我早就想见见格琳丝侯爵夫人。"比利马士伯爵立刻停住了他的故事,显然大法师塔的魅力远远不及系密特传闻已久的未婚妻。

一阵嘈杂的脚步声从楼梯口传来,楼上的那些女士们同样得到了消息。

系密特从一张张美丽的笑脸中看到了一丝揶揄的神情,显然女人们的想法就是和男人们不一样。

迎接显得异常隆重,毕竟十几个人站立在门口怎么也不会显得冷落。

对于温波特家的人来说,格琳丝侯爵夫人给予他们的印象非常不错,这位赫赫有名的侯爵夫人比众人想像之中显得年轻许多。

温波特伯爵的女儿们甚至有些迫不及待,想要和这位侯爵夫人好好私下聊聊,以便能够知晓如何令自己年轻美貌的诀窍。

侯爵夫人的打扮也令温波特伯爵的女儿们羡慕不已。虽然温波特家族的家教非常严格，贪慕虚荣的性格不会出现在这个家族的人身上，不过对于美丽的爱慕，毕竟是每一个女人都拥有的。

而格琳丝侯爵夫人非常懂得如何衬托出自己的美丽外表。

如同众星捧月一般，格琳丝侯爵夫人被请进了大客厅。仆人们早已将客厅迅速整理收拾了一遍，还搬来很多椅子。

格琳丝侯爵夫人被安排在正中央的长沙发上，她的旁边坐着系密特，显然这非常符合他们之间的关系。

不过在温波特家族的人看来，这多多少少显得有些滑稽。毕竟妻子比丈夫的年纪大许多，在拜尔克或许极为寻常，但是在这里却无疑是一件稀罕事。

"温波特伯爵，这一次前来打扰您，是因为有一件事情想请您勉为其难。"

格琳丝侯爵夫人开门见山地说道："夏姆伯爵因为贪污和渎职而被抓捕，受到牵连的官员为数众多，而选择接替人选显得责任重大。但是无论是我还是法恩纳利伯爵，抑或是道格侯爵，对于蒙森特都没有多少了解。

"我们不知道谁真正拥有才能。但是检验一个人是否拥有真正的智慧，而非仅仅只是小聪明并不容易，可惜我们没有太多时间。

"和能力比起来，品德的高低却很容易获得确认，特别是某个存在了几个世纪的家族，当地人对于这个家族的风评完全能够证实，这个家族的成员是否拥有高贵的品格。

"为了这件事情，法恩纳利伯爵和道格侯爵花费了三天时间，亲自到这座城市的每个角落去走了一圈。拥有着很好声望

的家族确实有几个，而其中温波特家族更是数一数二。正因为如此，我们非常希望温波特伯爵您出任蒙森特郡的郡守。"

格琳丝侯爵夫人的这番话有些出乎众人预料之外，甚至连系密特也转过头呆呆地看着侯爵夫人，他也从来没有听说过这件事情。

不过格琳丝侯爵夫人的精明干练，和她那如同纯熟外交家一般的气质风度倒是没有令众人感到惊讶。

"这个……我恐怕不得不加以拒绝，我的能力并不足以担任郡守，这实在是一个太过繁难的职务。

"更何况，我还是一个极为懒散的人，正因为如此，我从来就未曾谋求过担任政府职位。"温波特伯爵连忙拒绝道。

"我非常清楚您喜欢世外桃源一般的生活，不过我仍旧要竭力请求您，暂时担任这个职务。

"我早已从塔特尼斯伯爵和系密特这里听说过，蒙森特人非常看重自己的土地和世世代代继承下来的庄园，你们对于土地拥有着深深的爱恋。

"而此刻，就在不远之处的森林里面，魔族仍旧虎视眈眈地看着这里，谁都不知道，它们什么时候将再次发起攻击。这个时候，如果没有一个人站出来主持蒙森特的局面，我非常担忧，北方诸郡是否还能够阻挡住魔族的侵袭。

"深深爱恋着土地的蒙森特人，想必不会愿意看到这样的景象。温波特伯爵，难道您从来未曾想过，为保卫这片土地贡献一份力量？难道您不在乎您的家人？

"抑或是您认为，自己比博罗伯爵和系密特更为强悍和勇敢，能够在魔族击溃军队的防线之后，带着您的家人逃往其他地方？"

格琳丝侯爵夫人一连串地问道。她非常懂得说话的技巧，虽然不停地刺激着温波特伯爵，但是却又不会令他感到愤怒或者难以忍受。

这番话令所有人变得沉默起来。

过了好一会儿，系密特那位达观乐天的教父首先打破了沉默："噢，我的老朋友，你就接受这个职务吧。这又不是什么坏事，只需要多长几双眼睛，别再让哪个官员将手伸到装满军费的钱袋之中便可以了。

"至于说到眼睛，你家的眼睛可以算是最多的了，勃尔日城里，有谁能够比得上你，一下子生了这么多女儿，而每一个女儿也意味着又增加了多一倍的眼睛。"比利马士伯爵打趣地说道。

"比利马士伯爵，我们同样也希望您能够给予我们巨大的帮助。

"我早就从系密特的口中，听说了许多有关您的事情。您无疑是北方诸郡最好、最拥有想像力的设计师。"

格琳丝侯爵夫人极尽恭维之辞，显然她从系密特那里，真正得知的是系密特这位教父的奇特性格："制造监督的职位，在我看来实在没有人比您更为合适。"

对于这样的提议，这位爱吹牛的老人自然不会推却。虽然以他的性格，他一点都不喜欢政府公职，不过极为动听的恭维之辞却非常有效地将他粘在了那个位置上。

这位达观、乐天的老人甚至有种舍我其谁的架式，这令在场的所有人都哭笑不得。

系密特顺理成章地和格琳丝侯爵夫人一起离开温波特伯爵

宅邸。这次，他没有乘坐自己的轻便马车，而是和格琳丝侯爵夫人同乘她的那辆马车。

"玩得愉快吗？"密琪笑着问道。

"这里令我感到非常亲切。不过惟一令我感到头痛的是，他们好像仍将我当做小孩看待，特别是温波特伯爵夫人，她甚至塞给我糖果，并且拿来了玩具。"系密特愁眉苦脸地说道。

只要一想到一堆精致的洋娃娃，密琪就感到好笑。她用充满柔情的眼神看着自己的这个小丈夫。

"这真是一个令我感到羡慕的地方，充满了温馨和浓郁的家庭气氛。特别是凯尔夫人，看得出她正沉浸在蕴育新生命的喜悦之中。"密琪微笑着说道。她的一只手轻轻地拨弄着系密特的耳垂。

这样的暗示，系密特自然不会茫然无知，毕竟他并非是真正的懵懂小儿。

十四岁的他已品尝过人生的美妙，自从来到侯爵夫人身边之后便接二连三地交上了桃花运。

系密特非常清楚，格琳丝侯爵夫人最羡慕的是什么，刚才她看着罗拉小姐的眼神便足以证明一切。无疑，刚才她所说的那家庭的温馨完全是有感而发。

"我多么希望自己也能够怀孕，在自己体内蕴育新的生命，这种感觉一定好极了。"密琪轻轻地叹了口气，"或许你应该多多努力。"

说完这句话，密琪自己立刻脸红起来，这显然不是一个身份高贵的女人应该说的话。

"今天晚上，我是否能够留在您的房间？"系密特轻声说道。

"欢迎，我卧室的房门永远对你敞开着。"密琪轻轻地划着系密特的耳廓，微笑着说道。

"不过，你不担心那位露希小姐会感到寂寞吗?"密琪笑着问道。

她的话语中带着一丝醋意，这也能够从她越来越用力的手指上得到证明。

"不，我和露希小姐——我们之间没有太多的关系。"系密特极力想要争辩道。

"你骗不了我，花心而又滑头的小东西。我相信，你和露希小姐之间并不存在真正的情义，她显然是个不甘寂寞、喜欢自由和冒险的女孩。

"我并不担心她会夺走你，不过我绝对不会相信，你和她一点关系都没有。"密琪说道。她的嘴角仍旧挂着一丝微笑，不过还有一丝淡淡的责备之意。

"她令我感到难以理解，事实上，原本我以为我替她所属的那个巡回剧团安排了更好的生活，她肯定会和汉娜、米琳小姐一样脱离现在这种生活方式。

"但是没想到，我居然在来蒙森特的半路上遇到她，她并不喜欢平静的生活。"系密特连忙解释道。

"我明白了，一个喜欢独立和自由的女孩，这样的女孩非常少见，事实上，我曾经听说过的，就这么几个。"密琪点了点头说道。

"不过，这样的女孩非常大胆而且喜欢寻求刺激，有的时候，甚至会显得特别疯狂。她又那样年轻，充满了青春的活力，想必，她能够给予你更多也更加强烈的美妙感觉吧。"

格琳丝侯爵夫人的话差一点令系密特彻底厥倒。原来说了半天，她反而越来越感到嫉妒，看来正如哲人所说的那样，想

要让女人不去嫉妒，就连圣贤也无法做到。

"没有人比您更能够令我深深迷恋。"系密特连忙说道。

他紧贴着格琳丝侯爵夫人的身体，用右臂环抱住纤细的腰肢。

"别这样，我可不是兰妮小姐。她能够从偷窃一般提心吊胆的感觉中得到独特的快感，我看得出她喜欢那种靠在'坐垫'上招摇过市的感觉，简直疯狂得令人不可思议。"密琪轻轻地拍掉了系密特的手臂说道。

"你不也试过了？"系密特轻声问道。

回答他的是两根掐住他的脸颊用力扭转的手指。

"不过，仍旧必须感谢你和你的露希小姐。她装扮不知姓名的公主确实非常成功，无论是郡守还是那些提心吊胆的手下，全都因为这位小姐而显得极为悠然。

"原本我们还担心会遇上许多麻烦，例如销毁证据、设置障碍等，都是可以预料的事情。没有想到，一切竟然变得如此容易。

"更没有想到，自以为得到了公主殿下的信赖，郡守居然会毫不在意克曼狄伯爵的愤怒，他和军方的决裂显然是他失败的真正原因。而这一切都是那位公主殿下造成的。"格琳丝侯爵夫人放开了系密特的脸颊说道。

"迄今为止，她的身份仍没有被蒙森特的官员看破。因此，道格侯爵想出了一个主意，或许能让这位小姐成为最有效的监督者。

"陛下已经同意了这个提议，不过真正的麻烦恐怕在于如何说服这位小姐，而这个任务只有你能够完成，想必此刻你心中极为高兴。"格琳丝侯爵夫人说道。

最后那句充满醋意的话令系密特一时不知道如何回答才好。

"我不知道应该如何说服露希小姐，她喜欢自由，极度讨厌受到拘束和压抑。"系密特皱紧了眉头说道。

"你或许可以试试用打赌和轻视她的方法刺激她一下。喜欢自由，热衷冒险，不也同样是你的性格？让她看到这个使命充满了挑战和无穷的刺激，或许会令她忘却所受到的束缚。"格琳丝侯爵夫人说道。

系密特愣愣地看着格琳丝侯爵夫人，他不知道别人是否会以同样的方法对付自己，因为刚才那番话显然引起了他的共鸣。

或许他确实和露希小姐非常相似，相似得就像是真正的亲姐弟。这让他感到异常尴尬，因为这位小姐给予他最深刻的印象便是疯狂和放纵。

"我尽可能说服露希小姐。"系密特点了头说道。

对于这样的回答格琳丝侯爵夫人显然非常满意。

"好了，我已经完成了陛下交付的使命，接下来的时光，或许能够被当做是一次度假。这里是你的故乡，你应该非常清楚什么地方最漂亮。"密琪笑着问道。

"噢，蒙森特郡到处都能够找到美妙绝伦的景色，这里是世界上最美丽的地方，我非常愿意陪伴您游遍这里。

"但令人遗憾的是我的时间非常紧迫，过几天，我便要离开这里。除了国王陛下之外，我还肩负着圣殿大长老和波索鲁大魔法师交付的使命。"系密特有些忧愁地说道。

这令格琳丝侯爵夫人微微感到有些失望，她轻轻地皱了皱眉头，一只手捻转着系密特的耳垂。

过了一会儿，她朝着系密特笑了笑，凑到系密特的耳边轻声说道："我突然想到，长途跋涉令我感到有些劳累，或许我应

该休息几天。

"不过我对于一件事情非常感兴趣。这一路上，你和露希小姐玩过一些什么样的游戏？她远比我年轻得多，想必也拥有着更多青春的激情，而且毫无疑问，她的技巧也无疑更好。"

系密特一时间显得非常尴尬，他原本以为密琪又在为了这件事情而吃醋，但是等到密琪三番五次要求他回答这些问题，系密特渐渐明白了到底是怎么一回事。他凑到密琪的耳边小声说着。

格琳丝侯爵夫人涨红了脸静静地听着，她确实没有想到还有如此疯狂的方法。

此刻在监狱外面，惨叫声已变得嘈杂而又沙哑，不过发出惨叫声的显然已经不止那四位大人物。

令人心惊胆战的噪声发挥了绝佳的作用，站立在广场上的贵族们争先恐后地挤到调查团官员的面前，这位官员手中捏着的厚厚一叠表单，成了最抢手的货色。

拿到表单的贵族们纷纷跑到旁边的一排桌子前面，小心翼翼地填写着表单，不过在填写捐献金额的时候却左顾右盼。

没有一个人会为捐献多少金钱而显得斤斤计较。事实上，这里的每一个人都无比担忧自己的捐献和别人比起来显得太少。

如果在以往这根本算不了什么，即便一分钱都不捐也没有人能说什么。但是现在所有人都感到惊慌，他们非常担忧如果自己的捐献太过吝啬，会引起钦差大臣乃至国王陛下的愤怒。

这样的愤怒无疑会变得极为可怕，只要一想到地狱一般的监狱中会有一间为他们准备的"包厢"，只要一想到他们也有可能加入到卖力"演唱"的演员们的行列，每一个人都不由自主

地战抖起来。

如果说贪婪会变成动力，那么恐惧同样也拥有这种功能，只要看一眼那一个比一个巨大的数字便足以得到证明。

像塔特尼斯伯爵那样，能够轻而易举拿出一百万金币的人物，几乎绝无仅有。

毕竟如此巨大的一笔财富，对于蒙森特郡来说并不容易看到。这里不是拜尔克，虽然同样拥有着无数豪门，不过这些豪门世家无论是财富还是影响力，都远远不能够和京城中的豪门世家相比。

能够出得起一百万金币的或许有那么几十个家族，不过这样一笔巨款对于他们来说也绝对称得上是伤筋动骨。

幸好愿意慷慨捐献的人数量一多，捐款的数量立刻便扶摇直上。对于蒙森特郡的这些家族来说，一百万或许是一个可望而不可及的数字，不过十万八万还未必放在他们眼里。因此，捐款的表单上几乎全都填写着一二十万这样巨大的数字。

表单被小心翼翼地填写妥当并且打上家族的纹章，最为重要的签名和纹章之上用火漆封了起来，这是为了让人无法篡改。

一份份表单重新聚集到官员的手里。而这位官员立刻吩咐旁边的侍从，将这些表单全部用牛皮纸的信封和火漆封上，送往远处的一座三层楼房。

在这间简陋不过还算干净的房子里面，法恩纳利伯爵正和道格侯爵悠闲地聊着天，这些巨大信封的到来立刻令他们兴奋地跳了起来。

会计师们早已在一旁准备妥当，他们是法恩纳利伯爵为了这次蒙森特之行，专门从盟友新任财务大臣手里借来的财务部

精英。

信封被一个接着一个小心翼翼地拆开，然后分发给每一个会计师，会计师们立刻坐在自己的位置上计算了起来。

这一切都在两位大人物的严密监视下进行。

最终的数据还没有出来，两位大人物看着这些数字已经眉开眼笑。对于他们俩来说，远处隐隐约约传来的阵阵惨叫声，仿佛是最为美妙的乐曲。

这一次筹募到的捐献金钱，远远超出陛下原本的预期。葛勒特将军所提出的那四百万军费，已变成了一个不起眼的小数字。

两位大人物立刻想到，这笔捐款将令原本已然干涸的国库立刻充盈起来。同样他们也意识到，当他们带着如此巨大的收获回到拜尔克，国王陛下将会何等欣喜若狂！

法恩纳利伯爵和道格侯爵对望了一眼，对方脸上那难以遏制的微笑令他们各自心领神会。

"赞美仁慈的父神，陛下知道这件事情肯定会无比宽慰。"法恩纳利伯爵笑着说道。

"是的，坏事变成了好事，怎能不令人感到欣喜?"道格侯爵也连忙说道。

"能够拥有如此巨大的收获，毫无疑问是塔特尼斯伯爵的功劳，他的大公无私感化了他的同乡，不过更令人赞赏的是他的智慧和远见。"法恩纳利伯爵试探着说道。

他非常清楚担任钦差大臣的自己，绝对会得到最为巨大的功劳。不过给国王陛下的报告之中，显然不合适提到自己的功劳，如果和道格侯爵互相吹捧，又显得过于虚伪，容易引人诟病。因此，他连忙将自己的盟友拉了出来摆在前面。

对于法恩纳利伯爵的心思，道格侯爵怎么可能看不出来，不过这同样也是他认为最合适的方法。

虽然他并不擅长和别人打交道，不过这并不意味着他对于上流社会的一切茫然无知。道格侯爵非常清楚自己别无所求，他没有成为公爵的野心，所需要的只是国王陛下的绝对信任。

同样，格琳丝侯爵夫人也不在乎什么功劳，真正需要功劳的只有法恩纳利伯爵一个人。

道格侯爵用呆板的表情笑了笑说道："您说得一点也没错，塔特尼斯伯爵的功绩绝对值得陛下的嘉奖。

"您的功劳同样也绝对不可埋没，毕竟能够得到如此完美的收获，除了完美无缺的计划还得有同样完美的执行才能够做到。"

说完这些，两个人相视而笑。

此刻，紧闭的房门再一次打开，一位侍从捧着厚厚一叠牛皮纸信封走了进来。

法恩纳利伯爵和道格侯爵脸上的笑意更为浓重了。

"你对于那个叫霍德的人怎么看？"法恩纳利伯爵问道。

"就是克曼狄伯爵提名的那个人？我询问过葛勒特侯爵的副官，葛勒特侯爵对他的印象不错。

"据说，他在蒙森特郡的年轻一辈里有些影响，有人认为，他是仅次于塔特尼斯伯爵的高明人物。

"不过，克曼狄伯爵提议这样一个人接任守备的职责，叫人有些怀疑，这位霍德先生是如何取得克曼狄伯爵的支持的？

"从卷宗和履历看来他并没有什么背景，他的父亲是个没落贵族，即便是那个贵族头衔也不可能由他来继承，因为他有个比他大一岁的哥哥。

新的魔族

　　"近三年来对他的提名倒是不少，不过都是一些没有什么分量的人物，最近的一次提名是让他担任制造监督的职位，但是最后却被另外一个人所取代。

　　"我非常怀疑是否正是这个原因，令他对前任郡守大人怀恨在心。如果是这样的话，以他仅次于塔特尼斯伯爵的智慧，他完全有可能在这次的事件中发挥一定影响。

　　"事实上，克曼狄伯爵如此迅速而又轻易地抛弃他曾经的盟友，令我感到有些意外。现在想来，这可能和这位霍德先生有关。霍德先生说服克曼狄伯爵让他放弃夏姆郡守，作为回报克曼狄伯爵在事后推荐他担任守备。"

　　听到道格侯爵这样一说，法恩纳利伯爵点了点头。

　　"那么以您看来，我们应该如何处理这件事情？"法恩纳利伯爵问道，一边说着，一边朝着远处的阳台走去。

　　道格侯爵自然明白，这位国王陛下最信任的宠臣在担心些什么。他连忙跟在后面，远远地避开正忙碌于清点和运算当中的会计师们。

　　"法恩纳利伯爵，我们这一次的蒙森特之行能够变得如此顺利，想必也出乎您的预料，原本我以为我们将会遇到许多麻烦，这不能不说是克曼狄伯爵帮忙的结果。在刚刚出发的时候，你我都将这位先生看做是最大的阻碍。

　　"既然这次克曼狄伯爵送给了我们这样一份的巨大礼物，或许我们可以将这看做是友好的表示。即便您不在乎这些，不过为了陛下，为了国家，给予前线的军人们一些安抚总是应该的。

　　"出于这个目的，我认为最好的选择是接受克曼狄伯爵的提名，让霍德先生坐上守备的位置。

　　"不过，他没有任何爵位，我相信克曼狄伯爵同样也非常清

楚这意味着什么。没有爵位却坐在高位之上，很难令拥有爵位的下属官员服从。

"不服从就会招致对立，这显然不是大家愿意看到的一件事情。对于这一点，想必伯爵大人您自己最有体会。

"此外，这次的事件已显示出，将巨额的军费和所有重要权力集中在一个人手里是多么危险的一件事情。我们有理由建议陛下在蒙森特郡组成一个特别的部门，审核和调配资金及物资。

"这样一来，原本由守备一个人掌管的职权便可被分拆开来。五人会议是最好的选择。即便有所争执，五个人进行投票，也能减少许多因票数相同而令决定拖延下去的糟糕事情。

"霍德先生肯定是五人会议中的一员，让克曼狄伯爵占有一个名额，既作为送给他的礼物，又能让他不至于成为阻碍决定的牵制。在会议桌上吵架，总比私底下做手脚要好得多。"道格侯爵用极为低沉的声音说道。

听到这番话，国王陛下的宠臣连连点头，显然他已经接受了这个建议。

9 秘密武器

　　勃尔日通往班莫的道路两旁全都是低缓的丘陵。一路上，一眼望去仿佛是清风吹皱的湖面，只不过波浪永远静止在那里而已。

　　山坡上长满了成片苜蓿，如同天鹅绒一般的绿色上密布着星星点点的细碎小花。

　　这条通郡大道显得有些坎坷难行，道路上原本铺设的青石板早已碎裂损坏，路面就像旁边的丘陵一样颠簸起伏。不过，能够用青石板来铺设道路，可以想像以前这里有多么风光。

　　此时，这条通郡大道上正行进着一队骑兵，为首的是一个留着两撇胡子的骑士。他的身边跟随着系密特。

　　这位骑士看上去不到三十岁的年纪，谦逊的气质，面容堪称英俊，两撇小胡子又令他平添了一些成熟的感觉。

　　他穿着轻便的铠甲，头盔吊挂在马鞍左侧，而马鞍右侧的斜插兜里面插着他的武器——一柄长穿刺剑，除此之外还挂着一把重型军用弩弓和一壶箭矢。

　　这已成为对抗魔族的标准配备，无论是军官还是士兵都毫无例外，必须使用这种武器。

　　旁边的系密特虽然看上去不再像洋娃娃的模样，不过他的穿着仍然相当讲究。

缀满了花边的衬衫外面罩着一件鲜红色丝绒马甲，领口和袖口绣着金边，下身是一条紧身马裤，和脚上的红色小牛皮长筒马靴相当匹配。

这样一身装束显得和身边的骑兵有些格格不入。

只有那位骑士和他说说笑笑，不过从骑士有一搭没一搭地拼命寻找话题完全看得出来，这同样也不是他的本意。

事实上，系密特本人也感到非常辛苦。

但是，他俩依然得寻找话题，谁叫他们是亲戚，必须表现出非常和睦的样子。

旁边的骑兵们一路上始终沉默不语。他们的神情中有些好奇，全都在注视着塔特尼斯家族的小少爷。

塔特尼斯家族在蒙森特乃至整个北方都赫赫有名，而此刻塔特尼斯家族在国王身边的飞黄腾达，更是令塔特尼斯这个名字充满神奇。

正因为如此，这个家族的两位主要成员无一不是引人注意的人物。

而这位幼子的身上更是充满了一种神秘感。穿越奇斯拉特山脉的奇迹，以及现在他跟随众人一起前往前线的原因，无不引起骑兵们的纷纷猜测。

在这些骑兵的记忆中，没有哪个贵族家的小少爷会愿意前往危险、荒凉的前线。开始的时候，他们还以为塔特尼斯家族的幼子因为和赛汶队长的亲属关系，所以突发奇想前往营地参观。

但是现在他们发现，这位小少爷居然肩负某种神秘的使命。

"你能否透露一下，你打算到班莫去干什么吗？虽然钦差大

人宣称，你带有国王陛下赋予的使命，不过我无论如何有些难以置信。"

年轻的骑士终于忍不住问道。一方面是因为他确实对此极为好奇，同样也是因为现在他再也找不到话题。

系密特直截了当地回答道："非常抱歉，在确认某些我希望知道的事情之前，我不能告诉任何人我的意图。"

系密特之所以要前往班莫，主要的目的是想调查那两个被刺杀的士兵的真实死因。

但是，就连他也不敢保证，那两个士兵是否被魔族所害，不过他仍旧希望谨慎地对待这件事情。

在前往特赖维恩西侧的群山，调查那里是否拥有魔族的基地之前，能够对新的魔族有所了解总会有益处。

更何况，既然他奉命深入特赖维恩西侧的群山，如果能够得到军队的帮助，或许会有些用处。

但是特赖维恩的守卫者克曼狄伯爵，显然不是他希望找寻的求援对象。塔特尼斯家族和克曼狄家族的恩怨，在北方诸郡早已成了众所周知的一件事情。

因此，系密特打算向赛汶寻求帮助，毕竟班莫离特赖维恩也不算遥远。

夏季对于北方诸郡来说是充满生机的时候，对于班莫来说也是如此。

满山坡的苜蓿生长得异常茂盛，这种植物的茎叶对于牛羊来说无异于美味佳肴。

以往这里总能够看到成群的牛羊悠闲地在山坡上走来走去，而放养牛羊的牧人则惬意地躺在山坡上享受着阳光。

对于北方诸郡的人来说，肥沃的土地、成群的牛羊意味着延绵不绝的财富。这里原本就是北方诸郡最为肥美的大草甸，也是北方最富有和繁荣的地方之一。

翻过一道低缓的山坡，山坡下是一座小镇。

班莫拥有许多这样的小镇。

和蒙森特不同，班莫的财富并非是聚集在像勃尔日这样的大城市里面，而恰恰是藏在这些遍布的小镇之中。

不过此刻系密特所看到的这座小镇，根本和财富牵扯不上任何关系。

在他的记忆之中，往日这里总是充满了熙熙攘攘的人群。

不过和勃尔日不一样，聚集在这里的是富有的地主、经营牛羊买卖的商人和日子过得还算可以的牧民。

偶尔也会有一些杂货商人前来，那个时候便是这座小镇的节日。

"我记得以前经常来这里，父亲大人非常喜欢这里悠闲的环境，他喜欢躺在草地上倾听牛羊的叫声，闻着青草的芳香。"

系密特悠然地说道："不过在我的记忆中印象最为深刻的，还是飘香的烤肉和腌制得美味可口的挂肠。"

"是啊！这里曾经是每个人深深迷恋的好地方，这里的牛羊，这里的草甸，还有这里的温泉。

"我相信等到魔族被彻底击退后，所有这一切都会再次回来的，这只是时间问题。真令人感到幸运，魔族并不曾毁坏这里的环境。"

赛汶长叹了一声说道。他在心底抒发着自己的感慨，不仅仅是班莫，整个北方诸郡又何尝不是如此？

看着眼前小镇上的荒凉景象，系密特不知道赛汶所说的那

番话是否正确。

小镇的地面上蒙着一层厚厚的尘土，战马走过，立刻在脚下扬起阵阵烟尘。

熙熙攘攘的人群再也看不到，只有市中心广场能够看到几个人影。

这里原本是北方最热闹的牲畜交易市场，但是此刻只能看到孤零零、空空如也的畜栏。

街道上，到处能够看到从石板缝隙中生长出来的杂草，还有铺满一地的干草，显然已经有很长时间没有人打理。

这几乎是一座死寂的小镇。系密特有些怀疑，它最终将会变成一片废墟，还是像赛汶所说的那样重新获得繁荣？

没有人愿意在这里逗留，骑兵们加快了脚步。

小镇外偶尔能够看到几头山羊，它们无精打采发出两声叫声。

正如赛汶所说的那样，系密特没有看到这座小镇被毁坏些什么，魔族并没有将小镇当做值得袭击的目标。不过毫无疑问，仍旧有一样东西已被彻底毁灭，那便是信心和勇气。

系密特重重地叹了口气说道："在我看来，魔族已毁坏了最为重要的东西，这些杂草和这片荒芜便是最好的证明。值得庆幸的是，勃尔日城没有变成这副模样，至少那里还拥有着繁荣和安宁。"

赛汶点了点头说道："那是因为勃尔日城拥有厚厚的墙壁和众多士兵。我同样也非常期望勃尔日城能够永远保持安宁，我最亲密的人都在那里，为了他们我愿意献出生命。"

这一次，系密特保持沉默。

勃尔日城里之所以能够恢复往日的繁荣，确实是因为厚厚的城墙阻挡住了魔族士兵，因此给了勃尔日居民生活的勇气和信心。

突然间，他有所感悟，只有像勃尔日这样的大城市才能够恢复往日的繁荣。这也令他明白过来，为什么人们拼命想要前往京城拜尔克，那是为了获取更多的生活的信心和保证。

班莫在北方只是一个较小的省，在系密特的印象中，这里以往颇为热闹，因为班莫的大部分地区都是最肥美的草甸，这里溪水众多。

不过，最宝贵的是北部的温泉。

正是这里遍布的温泉，令班莫成为喜爱悠闲和乡村景色的贵族们休息和度假的好地方。

特别是到了冬季，其他地方已然一片萧瑟凄冷的景象，只有这里仍旧郁郁葱葱，班莫其他地方的大草甸在冬季仍旧能够保持葱郁的绿意。

系密特记得自己的父亲带他来到这里的景象，但是现在，一切都已经变成了另外一副模样。

系密特朝着四周张望着，最终摇了摇头说道："这里完全变了一副模样，我根本认不出来了。我记得以前这里有一片别墅，现在那些别墅到哪里去了？"

赛汶举起手臂朝着远处指了指："看到那座山坡了吗？那里便是你想要寻找的别墅，至少曾经有过许多别墅。那里同样是你我正要去的地方。

"这些别墅如果拥有和堡垒一样坚固的围墙，我想它们可以被保留下来，住在房子里面总比住在帐篷里面舒服得多，但是非常可惜，它们没有那样坚固。因此，它们只能够被拆除，当

做更为坚固的围墙的一部分。"

系密特顺着赛汶指点的方向看去，远处确实有一座要塞建造在一道丘陵之上。虽然外观有了很大的改变，不过系密特依稀还能看到以前的一丝影子。

以往别墅成群的山坡上面，现在建造起了一排排的环形围墙。从山坡脚下到山坡顶端，这样的防线总共有十二道之多。

这些防线看上去虽然简陋，却组成了一座座独立而又坚固的堡垒，层次推递的样子仿佛是波浪一般，给人以一种层层叠叠的感觉。

系密特猜想这些围墙就是别墅被推倒成为废墟和瓦砾之后重新建造起来的杰作，不过在通道和门户的地方，毫无疑问是由大块的岩石堆砌而成。

这些横七竖八拼接在一起的岩石，令系密特想起自家的宅邸。虽然做法没有什么不同，不过前者根本就是粗制滥造的作品，而后者却被誉为最伟大的杰作之一。

除了这座工事，其他的地方还是那样熟悉，山坡脚下到处是蜿蜒流淌的小溪。和其他地方不同，这里的溪流上总是弥漫着烟雾一般的水蒸气。

地下的热水从岩石的缝隙中汩汩地涌出来，形成了一座座星罗棋布一般的河滩，这些河滩永远都像是一个个巨大的锅子聚拢着团团热气。

众多的温泉令这里永远绿草如荫。

无数溪流旁边，只要能够看到土壤的地方，总是长满了茂密的青草，而青草的颜色永远是那样碧油葱郁。

突然间，系密特看到远处，另外一支骑兵小队正从稀疏的树林之中出来。

魔武士

4

战马踏着清清的溪水，这队骑兵显然也正往工事赶去。

在系密特看到他们的同时，这队骑兵小队也看到了这边。因此这队骑兵掉转方向，踩过一片浅浅的冒着蒸腾雾气的水塘赶过来。

这些骑兵并没有穿着沉重的铠甲，甚至没有配备盾牌，他们的武器同样简单，甚至连长枪都没有看到。系密特猜测这是一支刚刚巡逻归来的小队。

为首的是一位中年骑士，他穿着胸前加固的战斗铠甲，两边的肩头同样有所加固，不过仍然和骑士真正穿着的铠甲无法相比。

毕竟是在巡逻，太过沉重的铠甲对于战马是巨大的负担。

那个骑士的盾牌和赛汶的盾牌差不了多少，这表明两个人的级别差不多。

两个人骑在马背上热烈地拥抱了一下。

看到两人如此热烈打招呼的样子，系密特猜想他们的关系想必相当不错。

中年骑士将手臂搭在赛汶的肩膀上，问道："我的老朋友，你的假期过得怎么样？听说你的太太已怀孕，什么时候你将成为一个真正的父亲？"

"恐怕是半年之后的事情了。

"萨科，你的夫人让我转告你一个平安的口信，你的弟弟巴甫洛已从前线下来，据说很快就要被调往波尔玫的矿山。"赛汶说道。

"这真是一个好消息，调往波尔玫至少会安全许多。"中年骑士萨科点了点头，说道。

而此刻，那一队骑兵也早已经完全散开。

新的魔族

　　一时间，两支队伍都变得非常混乱，两边的人都各自热烈地交谈和问候着，他们交谈的内容几乎全都是询问家人和亲友的情况。

　　纷乱嘈杂的声音引起了赛汶和中年骑士的注意，他们喝斥了两句，骑兵们总算重新整顿队列，不过两队人马却汇合在一起。

　　和系密特同行的那些骑兵们，向他们的询问者转告平安的消息之后，而后者总是在悲伤和喜悦之中往前方行进。

　　不过系密特注意到，喜悦的人显然比悲伤的多得多，而家人平安的消息总是能够让人感到安心。

　　询问完家人的情况，他们开始将话题转向蒙森特最近所发生的最大、也是最令人震惊的那件事情。

　　在系密特看来，这些士兵们对于那件事情的关心，更多是因为他们非常担忧自己是否能够得到军饷和津贴。

　　因此，他们对于那些官员们的愤怒显得更强烈，咒骂的语言也要凶狠恶毒得多。

　　中年骑士同样对这件事情充满了好奇，而他所能够询问的自然只有赛汶："听说夏姆那个老家伙总算罪有应得，他和他的同伙终于因为贪得无厌而遭了报应。前几天，团长说勃尔日许多官员都被抓了起来。你是否听到风声，国王打算如何裁决他们？他们是否会被判处死刑？"

　　赛汶连连摇头说道："这里的消息太延迟了，夏姆和他的那一伙被捕已有一段日子了，陛下的裁决也早已经下达。

　　"虽然夏姆他们能够保留一条活命，不过我相信，现在他们毫无疑问盼望着能够尽快死去，陛下显然希望他们为自己的罪行付出更大的代价。"

看到老朋友脸上愤愤不平的神情，赛汶立刻明白老朋友根本就没有弄懂他的意思，他连忙将自己在勃尔日的所见所闻说了出来。

不过赛汶的描述和他手下的那些士兵们比起来，显然平淡许多。

只听到一个士兵在那里绘声绘色地说道："那场音乐会可真是动听，我和几个朋友专程去听。那里聚集着许多人，监狱内外简直是两个天地，里面的人心惊胆战，而我们则大快人心。

"特别是老夏姆，他可真能哀号，只可惜我们看不到他脸上的表情，如果能够看到那一幕，我情愿付出一个银币。"

听着他的描述，几乎所有的骑兵都解气地笑了起来。

惟一不在意的只有系密特一个人。

虽然系密特同样也不喜欢那位贪得无厌的郡守，不过对于国王陛下给予这些人的处罚，系密特心里颇有微辞。

在他看来，这样的判决太过残忍，甚至连当初哥哥在那个小镇上所做的一切，在这个判决面前都显得温和而又美妙。

这也令他想起，当初国王的情妇伦涅丝小姐为她以前的情敌所设计的惩罚。

不过只要一想到自己，原本就是事情的执行者，系密特不禁淡淡地叹了一口气。

这声叹息引起了众人的注意。

中年骑士转过头来看了系密特一眼，系密特的装束令他感到非常奇怪，这样的豪门世家小少爷绝对不应该出现在这种地方。

中年骑士凑到赛汶的耳边，压低了声音问道："这个小家伙是什么人？难道是你的私生子，因为害怕夫人发现，所以带在

身边？"

"别胡说八道，我对我的妻子永远忠贞。

"这位是我的连襟，赫赫有名的塔特尼斯伯爵的弟弟，塔特尼斯家族的幼子，翻越奇斯拉特山脉的名人。

"他为什么和我在一起，就连我自己也不清楚，他肩负着陛下的秘密使命，就连钦差大臣阁下都不曾知道分毫。

"如果你想要知道原因，可以自己询问他。我同样也期待着答案，猜测令我心痒难熬。"赛汶耸了耸肩膀说道。

赛汶这样一说，令系密特再次成为被注意的对象。

无论是中年骑士，还是旁边的骑兵们，全都在上上下下地打量着系密特。

他们还不至于像当初那些佣兵们那样好奇，也有礼貌得多。

虽然系密特此刻已不再被打扮成一幅洋娃娃的模样，不过他的装束依然引起了骑兵们的各种猜想。

此外，系密特的那辆马车还有放置在马车上的东西，同样也引起了骑兵们的好奇。

这辆轻便的马车本身就引人注目，而马车后面的挂兜里面更是塞满了奇怪无比的东西。

许多手掌般长短的细长铁钉被捆在一起，铁钉的一端被磨得异常尖锐犀利，而另一端被打造得稍稍有些扁平，仿佛是箭矢的翎羽一般。

除此之外，车兜里面还塞着一盘盘的钢丝绳索，钢丝的表面涂抹着一层厚厚的油脂。

中年骑士来到系密特身旁，一边扫视着系密特和他的马车，一边询问道："你是塔特尼斯家族的幼子？"

系密特淡然地回答道："没错。"

中年骑士继续追问道:"你真的像赛汶所说的那样,肩负着国王陛下的特殊使命?"

系密特说道:"这原本就是我来到这里的原因。"

中年骑士更加来了兴致,他又问道:"你真的不能透露分毫,关于你来到这里的目的?"

"现在不是适当的时机,阁下也不是正确的人选。非常抱歉,这是军事秘密,我必须守口如瓶。"系密特这一次用斩钉截铁的语气说道。

中年骑士颇有些不以为然,他转过头来朝着赛汶看了一眼,赛汶只是朝着他笑着点了点头,这更令他感到疑惑不解。

带着满腹的疑问和对于家人平安的欣慰,众人朝着远处的山坡缓缓而去。

爬上那道山坡,跨过深深的壕沟,便进入了建造在山坡之上的防御工事里面。

虽然这些防御工事的外表非常简陋和粗糙,不过,里面倒是错落有致,显得整整齐齐。

一排排的兵营紧靠着围墙,围墙外侧居然是用青石板堆砌而成,不过里面全都是破碎的砖瓦混合泥土,显然这便是赛汶所说的,以前的别墅惟一保留下来的东西。

一根根斜插的木桩令围墙更为牢固,同样它们也成为了兵营的支柱和隔墙。

横搭在木桩上面的原木成为了营房的房梁,厚实的木板钉在这些原木上面,既是房顶又是作战的平台,平台上面能够并排站立不少人。

每座营房门口都有一个木质的楼梯,这是为了在作战开始

的时候能够尽可能迅速地让士兵们登上平台。

营地里面到处能够看到地面上挖好的深坑，而旁边的围墙边上能够看到排放在那里细长的、两头削尖的刺枪。

这样的布置显然是为了防止魔族士兵从天而降。

朝着地上指了指，赛汶说道："听说这是你的建议。"

系密特仍用淡然的语调说道："任何人都会想到这个办法，毕竟魔族最令人感到头痛的便是它们可以从我们头顶上发起攻击。"

越往防御工事的中心，地面上的坑洞排列越紧密。

当所有人进入最里面的一层围墙，赛汶和中年骑士同时高声命令部下们下马休息。

系密特从马车上下来，将那些成捆的铁钉和一盘盘的钢丝从马车上搬运到地上。

其他的骑兵纷纷从战马上下来，令系密特意想不到的是他们竟然直接卸下了马鞍。

不过当他注意到武器和沉重的背包全都吊挂在马鞍上面，便立刻明白了，马鞍连同上面所吊挂的东西便是士兵们所拥有的一切，这些全都由他们自己保管。

而战马则显然有专人负责，系密特看到一队士兵牵过这些战马往后面走去。

这时候，一阵刺耳而又难听的敲击声引起了系密特的注意。

只见十几个人抬着六口大锅往这里走来。那种声音正是由其中的一个人用长柄勺子敲打着大锅所发出的。

看着骑兵们显得极为兴奋的神情，系密特自然猜得出那是什么。

又是一阵忙乱，骑兵们从各自的背包里取出锡制的杯子，系密特猜想这也是他们的餐盘。

系密特朝着那些杯子看了一眼，他有些怀疑这些骑兵们进餐之后是否清洗他们的杯子，因为这些锡制的杯子内侧无一例外全都黑黝黝的，不知道堆积了多少污垢。

系密特并不认为自己过于清高，不过他仍然难以忍受这些骑兵们的习惯。

这时赛汶已吩咐值班的军官为系密特准备营房。

他转过头朝着系密特询问道："你是否打算和我们一起共进午餐？走了这么长的时间，你想必饥饿了吧？"

"谢谢你的好意，我还没有感到饥饿。"系密特只是朝着其中的一口大锅张望了一眼便立刻连连摇头说道。

"我承认这些东西看上去并不怎么样，不过我敢保证，它们吃起来确实不错。"赛汶拍了拍系密特的脑袋，微笑着说道。

"再一次谢谢你的好意，不过，我一向认为食物是否美味得由胃口决定，现在我一点胃口都没有。"系密特继续连连摇头说道。

此刻他只希望，赛汶别像他的妻子和岳父母那样固执，尽管自己讨厌洋娃娃还要硬塞到自己手里。

系密特知道，此刻他脸上的神情想必非常精彩，因为他听到了旁边的骑兵发出的哄笑声。

系密特对于嘲笑声丝毫不在意，跟随着值班军官前往自己的营房，他需要地方放那些带来的东西。

他的营房在最内圈的围墙边上。

和其他营房一样，只是外面刷了一层石灰的土墙，门口上方挂着一条毡毯就算是房门，四周连窗户都没有，即便是在白天光线都相当黯淡。

　　房间里面非常狭小，只能放下两张单人床，这令系密特想起了巡回演出团的马车，不过马车上绮丽的美妙风光远不是这里所能比拟。

　　床底下是放东西的地方，看到一层厚厚的尘土，系密特非常庆幸自己没有携带什么行李。

　　在系密特收拾屋子的时候，一位稍微比赛汶年长一些的骑士从正中央那座最大的营房里面走了过来。

　　这位骑士三十五六岁光景，满脸青胡子令他显得老气。穿着一身棉布坎肩，看上去就像是一个做杂务的小兵。

　　不过，那些原本正聚拢在大锅旁边的士兵们，纷纷站起来朝他行礼，显然证明了他的身份。

　　这位骑士点了点头，让士兵继续用餐，而他自己径直走到赛汶的身边。

　　还没有等到这位骑士开口，赛汶便从内侧的插兜里掏出了两封书信。

　　赛汶将两封信交给了这位骑士，然后用低缓的语调说道："很抱歉，有个坏消息要告诉你，你的兄长因为与这次发生在蒙森特的案子有所牵连，恐怕凶多吉少。

　　"或许是命运之神为了让人间的悲伤和喜悦获得平衡，因此，他同样也赐予你一桩值得庆幸的事情，你的妻子为你生下了一个活泼、可爱又漂亮的女儿。"

　　伽马男爵苦笑了一下，礼貌性地询问起赛汶妻子的情况："你的妻子近况怎么样？听说她已怀孕。"

　　"很多人都询问我这个问题，或许我该张贴一份告示，我的夫人一切平安，只是她得继续忍受半年多的辛苦。"这个话题对

于赛汶来说颇为轻松。

"你希望有个儿子还是女儿?"

赛汶几乎连想都没有想,立刻说道:"无论是儿子还是女儿都会令我兴奋无比。不过平心而论,我更加希望有一个儿子,将来我可以抱着他讲述我的功绩。如果是个女儿的话,就没有这样的乐趣了,女孩子恐怕不会喜欢这种英雄的话题。"

这样的回答令这位骑士哈哈大笑,不过他的神情立刻变得无比惊讶,因为突然间注意到了系密特的那辆马车。

这位团长大人惊讶的神情令旁边的人再次注意到那辆马车。

"真令我感到吃惊,或许这只是一件装饰品,而并非是家族徽章……"

这位骑士一边轻轻地抚摸着马车后面原本被隐藏起来的纹章,一边喃喃自语地说道:"如果我前面那个猜测是错误的话,难道有一位王室宗亲跟随你来到了这里?"

赛汶耸了耸肩膀,这辆马车在勃尔日也是最引人注意的话题:"这好像是某位王室旁系的公主殿下的马车,只不过,现在借给跟随我前来的塔特尼斯家族的幼子。

"不过又有谁能够弄得清楚。塔特尼斯家族总是显得那样神秘,现在又是如此飞黄腾达,深受国王陛下的信赖。

"当初塔特尼斯家族离开蒙森特的时候,又有谁能够想像得到,他们现在能够得到的一切,简直就是奇迹。所以无论他们带回来什么,哪怕是一位公主殿下作为新娘,我也丝毫不会感到惊讶。"

说着,赛汶简单地描述了一下有关系密特的事情,有些语焉不详,不过连他自己也不太清楚具体的情况。

"你是否能够透露更多一些他的来意?说实话,我非常担

忧，他此行的目的和蒙森特的那个案子有所牵连。

"虽然我和我的兄长没有丝毫共同语言，而且身为军人的我对于他的所作所为一向不齿。不过据我所知，国王陛下对于我们这些前线的军人也并非相当满意。

"我担心在收拾完那些有问题的官员之后，惩罚的棒子将会落到我们头上。"团长大人忧心忡忡地说道。

"在这件事情上，我同样不敢肯定。虽然我和这个小孩多多少少有些亲属关系，而且他一路之上都和我同行，不过对我来说他始终是个无法猜透的谜团。

"正如你所说的那样，我相信这个小孩确实肩负着某种特殊的使命，我甚至怀疑，他所拥有的实权还要超过钦差大臣。

"因为钦差大臣无法调动圣堂武士，而那些圣堂武士反倒听从塔特尼斯家族幼子的调遣。"赛汶无可奈何地说道。他自己所知道的一切也大多来自于猜测。

"你的意思是，塔特尼斯家族的幼子，也许是陛下用来制约北方诸郡险恶势力的杀手锏?"团长压低了声音，凑在赛汶的耳边问道。

"我不敢肯定，不过在他面前还是小心为妙，他的年龄可以欺骗任何人。你是否还记得他在那次授勋典礼上的对决? 他的武力可绝对不容低估。"赛汶同样低声说道。

团长神情凝重地点了点头："我知道，能够穿越奇斯拉特山脉绝对不只是一个传奇，没有真正的实力根本就不可能创造出奇迹。"

而此刻，系密特已收拾好自己的营房回到了这里。

团长大人思索了片刻之后，决定直接探询谜底，他和赛汶朝着系密特走了过去。

"这位是我的上司，兵团的最高指挥官伽马男爵。他是安布鲁特战役的英雄，因为功勋而受到奖励。"赛汶介绍道。

"非常荣幸见到阁下。"系密特淡然地说道。

"能否让我得知阁下的来意？"团长问道。

这一次系密特没有卖关子，他早已准备好了国王陛下亲手签署的公函。

这份公函的封蜡至今还未曾动过，因为在勃尔日始终没有机会动用这份公函，他所拥有的塔特尼斯家族幼子的头衔足以在勃尔日畅通无阻。

"这是陛下签署的公函，陛下赋予了我一个相对自由而又范围极广的权限。"系密特说道。

拧开钢制的套筒，上面的火漆纷纷碎裂下来，套筒里面塞着一卷羊皮纸。

抖开羊皮纸，正面烫印着的金色玫瑰花，四周同样也烫印着一圈金边。

羊皮纸上用极为优美而工整的字体书写，只有底下的签名显得稍微逊色，不过那是国王亲手签署，再差的字都会显得珍贵无比。

伽马男爵一看到金色玫瑰标记的时候，便知道这份公函分量了得，等到仔细看了一眼公函上面所写的内容，更是令他大吃一惊。

这份公函所赋予的职权，几乎意味着眼前这个少年在必要的时候，完全可以取代葛勒特将军的总指挥官位置。

这更令伽马男爵疑惑起这个少年的身份来。

"我仍然希望知道，阁下来到这里到底是为了什么？"伽马男爵问道。这次他的语气恭敬了许多。

　　"听说这里曾经有两位士兵离奇死去，他们的伤痕不像是普通的魔族所造成的。我原本打算前往特赖维恩，听到这个消息之后就顺道来到这里调查这件事情。"

　　这番话令伽马男爵大大松了一口气，他立刻说道："我明白了，我将无条件地协助阁下的调查。那两位士兵是在巡逻的途中意外被杀，这件事情一直被当做悬案。"

　　当团长大人看这份公函的时候，站在一旁的赛汶探头张望了一眼，公函上的内容同样令他大吃一惊，此刻他才知道，自己始终远远低估了塔特尼斯家族的幼子。

　　"团长大人，是否能够告诉我，阁下的兵团为什么驻扎在这里？

　　"班莫附近好像没有什么值得守卫的战略要点，这里只有温泉和美景，我相信魔族并非是懂得享受的生物。"系密特问道。这完全是出于好奇，毕竟在他眼里班莫实在缺乏值得防守的价值。

　　这下团长大人感到非常为难。这是极为高度的机密，但是此刻因为那份公函的原因，他又不敢得罪眼前这位少年。

　　他只得采取推诿的办法说道："我虽然是兵团的指挥官，不过我真正的职位恐怕只相当于一个看守而已，就连我自己也并不清楚，我所守卫的这块土地有多么重要。真正发号施令的另有其人，这里的最高长官是两位来自魔法协会的大师。

　　"魔法协会好像在这里制造某种秘密武器，不过迄今为止，我也未曾真正见识过这种武器的真面目。"

　　听到这些，系密特的好奇心立刻涌了出来，他非常想见识一下所谓魔法协会的秘密武器。

　　"我希望能够见见这两位魔法师。至于他们正在研究和制造

203

的秘密武器，我同样很感兴趣，或许它们将对我此行的任务有莫大帮助。"

这一次，伽马男爵立刻回答道："这个……恕我冒昧，阁下的要求远远超过了我的职权范围。我只是一个守卫者，两位魔法师才是真正的长官，除非得到这两位魔法师的首肯，要不然，我的任何承诺都没有丝毫作用。"

对于团长大人的推搪，系密特倒是完全能够理解。

不过他同样也有十足的把握，能够说服那些魔法师们，毕竟除了国王陛下，波索鲁大魔法师同样也给予了他极大的权限。

"阁下放心好了，只需要您为我转达我的要求。

"在京城的时候，我非常幸运地得到了波索鲁大魔法师的青睐，能够有幸在他的身边学习高深而又神秘的魔法。

"事实上，我这一次所负责的任务正是来自波索鲁大魔法师的意愿。为了能够顺利完成这次的使命，波索鲁大魔法师已预先关照过这里的魔法协会，魔法协会中的任何成员都会尽可能地给予我所需要的帮助。"

众人惊奇地盯着眼前这个小男孩，只有赛汶早已从妻子那里得知塔特尼斯家族幼子的新身份。

这次伽马男爵再也没有什么话说，他领着系密特前往那个秘密的实验室。

实验室在营地右侧不远处的另外一座丘陵的后面。在系密特的记忆中，那里原本是一座采石场，建造在山坡上的别墅所采用的石料全都来自那里。

因为开采岩石的原因，丘陵的另一面成了一片壁立的悬崖，锈红色的岩石层裸露在外面。虽然这种岩石算不上最好的建筑

材料，不过到这里来度假的人倒从来没有表示过不满意。

　　和所有采石场一样，山脚下铺满了散碎的石子和大大小小的石块，远处是一个快要干涸的水塘。以往，那里是用来清洗和打磨开采下来的岩石的地方。

　　同样有好几道围墙围拢着这片采石场，这里的围墙远比系密特刚才看到的那座营地要厚实许多。

　　只有一条路通往那片悬崖。道路的尽头是一个巨大的吊索，吊索上方十米高的地方是一座巨大的绞盘。除了这副吊索之外，还有几根绳梯从上面垂落下来，系密特相信，那是无关紧要的人员上下的途径。

　　整面悬崖已变成了一座要塞，一座座空洞洞的窗户就仿佛是堡垒墙壁上面的射击孔。

　　从上方那些空洞里面隐隐约约传来阵阵金属敲击的声音，系密特猜想那里或许有一座制铁工厂。

　　在悬崖峭壁的顶端一侧，修建着一座极为宽敞的平台。平台上面建造着几座巨大的帐篷，这些帐篷看上去和马戏团的帐篷一模一样。系密特非常怀疑，真正的秘密是否就隐藏在这里，毕竟那里显得如此奇特和突出。这里戒备得也最为森严，系密特看到帐篷的四周至少安放着六座大型弩床，那是用来对付魔族最有效的武器之一。

　　正如伽马男爵所说的那样，即便他自己在这里也不能够任意行动。

　　伽马男爵仰起头朝着上方高声叫喊，立刻从上方探出了一个士兵的头来，显然是值班的守卫者。

　　“向卡休斯大师转达，国王陛下的钦差，塔特尼斯勋爵想要上来参观，希望他能够批准。”伽马男爵高声喊道。

系密特看见守卫者立刻将脑袋缩了回去。

"就连我本人也没有办法随意上去。"在一旁的团长大人耸了耸肩膀叹息道。

不过他的语调中并没有不满的味道，毕竟，这里所隐藏的秘密，关系到人类是否能够在魔族再次入侵之中生存下来，而主持这里的又是拥有着神秘莫测的力量的魔法师。

过了好一会儿，顶上那巨大的吊筐缓缓地降了下来，毫无疑问这是邀请的表示。

登上巨大的篮筐，系密特相信即便一头大象也能够装进里面。吊筐缓缓地往上升去，巨大的绞盘令上升显得极为平稳。

当系密特登上顶端，他看了一眼四周，脚下是壁立的悬崖，两旁是挖空而成的走廊，靠近悬崖的一面被彻底挖空。

如此巨大的手笔令系密特叹为观止。走廊遍布整座悬崖，每一层走廊之间都有两人宽的楼梯相连，而这一层的走廊显得最为繁忙。

在绞盘旁边站立着一群人，为首的几位全都穿着魔法师长袍，令系密特感到有些惊讶又有些高兴的是，其中的两位魔法师是他所认识的人物。

他们正是当初跟随亚理大魔法师参加关系战局成败的冒险实验的两位。

那两位魔法师自然也认得系密特，事实上，刚才当他们一听到钦差大臣到来的时候，根本就不以为然，不过当他们从监视四周的"魔眼"里面，看到到来的是塔特尼斯家族的幼子，才如此郑重其事地前来迎接。

"很高兴能够再一次见到你。上次的见面，你给我们留下了无比深刻的印象。"卡休斯兴奋地说道。

　　另外那位女魔法师也微笑着点了点头说道："我非常渴望能够看到，你从波索鲁大魔法师那里学到的奇特本领，听老师说你已成为对抗魔族的秘密武器。"

　　对于这样的恭维，系密特略微有些不好意思，他连忙回答道："您的夸奖令我无地自容。是波索鲁大魔法师的超绝智慧和高超的技艺，令我得到了梦寐以求的对付魔族的能力。

　　"至于秘密武器，我倒是非常渴望能够知道各位正在进行的工作。各位所研究的秘密武器到底是什么？进展是否顺利？

　　"这一次，我前来这里，其中的一项任务便是调查魔族中是否出现了某种新的兵种。

　　"波索鲁大魔法师的发现，确实令人感到失落和丧气，我们实在没有许多强有力的秘密武器。"

　　卡休斯笑着说道："我们的工作并没有什么了不起，所有的发现早在几个世纪以前已经完成，我们只是进一步完善并且找到大批制造的办法而已。

　　"你是否有兴趣参观一下这里，或许你能够给予我们一些宝贵的建议。我至今仍然记得当初你的那个发现，令整个战局发生了根本转变。我期待着你再次给予我们宝贵的建议。"

　　这些魔法师如此礼貌和客气，确实令伽马男爵和赛汶感到惊讶和诧异。因为在他们的记忆之中，这些拥有着神秘力量的超绝人物总是显得有些冷漠和傲慢。

　　当然，这种冷漠和傲慢与豪门贵族世家子弟的那种高傲又完全不一样。

　　看到魔法师此刻的神情，两位骑士再一次感到深深的失落。也许他们从来不曾羡慕过。塔特尼斯家族幼子的身份和地位有多么高贵，但是掌握着神秘莫测的魔法力量的本领，却令他们

嫉妒不已。

看到魔法师急迫地想要带领系密特参观研究室，伽马男爵和赛汶此刻的心情，只能够用感慨万千来形容。他们守卫这块土地这么长时间，迄今为止，还未曾有幸看到过正在研究之中的秘密武器，甚至连那是什么都丝毫不曾知晓。

卡休斯走在队列的最前方，他将系密特带到了上面一层走廊，震耳欲聋的铁锤击打声证明，这里就是系密特刚才曾经猜测过的制铁工厂所在。

毫无疑问，这个地方被某种魔法所笼罩，刺耳的敲打声才无法传播到太远的距离。要不然，系密特猜想，一公里之内的所有地方都会笼罩在嘈杂的巨响声中。

和其他制铁工厂一样，这里显得极为凌乱和拥挤，铁匠们正在敲打的东西倒是非常简单，只是一个个半圆形的球壳。此外，还有一些散碎的金属碎片，这些金属碎片随意地堆在一起，看上去仿佛是一座座长满利刺的小山。

旁边的工人在球壳的内侧涂刷上一层漆，然后将金属碎片粘在球壳的内侧，并且垫上几层薄薄的棉絮。

卡休斯指了指这些球壳说道："这里是制造外壳的地方，制造的工艺非常简单，不过最大的问题就是原料不够。波尔玫的铁矿，即便用来供应武器的打造和修理都不够。"他的声音显得有些无奈。

系密特只是看了一眼，便知道这位魔法师为什么发出这样的感慨，受惯了娇宠的魔法师们总是不屑于使用便宜的材料。

这些堆放在地上的球壳全都是用最好的钢材打造而成，系密特非常清楚，这些材料同样也是打造铠甲和刀剑必不可少的

材料。

"全都用精钢自然不够用，难道现在连生铁的供应都这样紧张？

"如果用不着考虑坚固问题，只需要一个形状的话，少量的生铁和波尔玫堆积如山的矿渣或许就足够了。

"至于镶嵌在里面的铁片，我相信每一个家庭的角落里面，每一个铁匠铺的四周，都可以捡拾到许多边角料。

"还有军队里面破损无法使用的刀剑碎片，以往都是用来回炉，这样一来损失很大，还不如收集起来交给你们。"系密特立刻说道。这并非是他的智慧，而是他想到如果自己的哥哥站在这里，会有什么样的想法。

如果这样的建议来自另外一个人之口，魔法师们肯定不以为然，不过系密特说出来就完全不一样。

卡休斯立刻兴奋地说道："塔特尼斯家族的精打细算确实令我们大开眼界，怪不得国王陛下急匆匆地让你的哥哥担任财务大臣，想必塔特尼斯家族已令他节省下了无数金钱。

"这个建议确实不错，我立刻给葛勒特将军写信，但愿他能够将那些矿渣和生铁尽快运到这里。"

旁边的魔法师们也显得异常兴奋，众人带领着系密特朝上面走去。

最上面的这层走廊戒备极为森严，甚至有一道闸门将这里和其他地方彻底隔开，闸门后面的那道楼梯直通往悬崖顶上。

悬崖顶上只有那座帐篷，正如系密特猜测的那样，所有的秘密全都隐藏在这座帐篷之中。

这座巨大的帐篷空空如也，只有正中央放置着一张巨大的实验桌。实验桌上面除了天平和量杯，就是一堆堆分配好的各色粉末，而实验桌的下方则放置着一个个口袋。

那些不知道是工匠还是魔法师的人物，正小心翼翼地从口袋里面取出粉末状的原料精心地秤量着。

只有一个人的工作与众不同，他将所有的原料按照比例混合在一起搅拌，并且不时地往里面加入一些盛放在量杯里的红色透明的油。

"这就是你们正在制造的秘密武器？是否能够告诉我，这种药剂能够派上什么样的作用？"系密特忍不住问道。

卡休斯异常高兴地回答道："这是一种速燃药剂。它有两个特点，不仅燃烧迅速无比，而且不需要空气也能够维持燃烧。几个世纪以前，它最初被发现的时候曾经被当做燃烧剂来使用。

"不过对于我们来说，真正有意义的是，这种药剂如果被紧密地压实，并且在外面包裹上一层坚硬而又厚实的外壳，迅速燃烧最终导致爆炸的威力将相当惊人。如果数量达到一定的规模，甚至可以称得上无坚不摧。

"更让人高兴的是，我们在实验中还发现了另外一种用途，这完全得归功于黛安娜。如果包裹在这种药剂外面的壳体越厚实和坚固，爆炸的威力越发强劲。

"而且炸裂开来飞散的外壳碎片，甚至比爆炸本身更加恐怖和可怕，其巨大的杀伤力能够轻而易举地穿透最厚实和坚固的重型铠甲。"

看了一眼神奇而强力的药剂，系密特不禁问道："为什么我在京城的时候不曾听说过这种秘密武器？拜尔克不是拥有更多的资源，为什么不在那里制造，而要冒险将工厂放在前线？"

"这是没有办法的事情，我们必须承认这些武器确实威力无

穷，不过它们同样也危险无比。一不小心便会引起爆炸，而且在运输途中爆炸的可能性相当大。正因为如此，在京城制造再运到这里显然没有太大的意义。

"此外，还有一个原因便是，制造这种武器需要特定的矿物，而这种矿物并非什么地方都能够找到，非常幸运班莫便是这种矿物的产地之一。正因为如此，在这里制造这种武器就成为顺理成章的事情。"卡休斯回答道。

"你刚才说，这种药剂已在几个世纪以前被发现，而且拥有如此强大的威力，为什么从来不曾被运用过？我甚至连听都没有听过？"系密特又问道。

"那是自然的了，别说是你，就是我们两个人，在担任这个职责之前，也从来没有听说过有这种药剂存在。

"这种药剂是被一位叫哈克恩·贝安的魔法师所发现，应该是三百多年以前的事情，哈克恩凭借着这个发现成为当时地位最高的大魔法师之一。

"不过魔法协会很快便发现，这种药剂制作极为简单，而且它那可怕到近乎接近毁灭的威力，也引起了魔法协会最高层的恐慌。

"太强大的东西，如果没有某种非常有效的办法加以节制的话，最终带来的将不是巨大的利益，而是彻底的毁灭。

"这种药剂强大的破坏力，首先会被运用于战争之中，非常可悲的是，大多数的时间战争的双方都是人类本身。

"这种药剂如果在战争中得到运用，无疑会令战争的双方拥有更加方便的杀戮方法，同时也意味着战争会成为更大规模的、更广范围的杀戮。

"正是因为不希望自己的发现成为毁灭人类文明的元凶，哈克恩最终选择了封闭自己的发现。

"这一次魔族的大入侵显得如此气势汹汹，人类如果没有更加强有力的武器，恐怕会重蹈当年埃耳勒丝帝国毁灭的覆辙。

"魔法协会上层，包括波索鲁大魔法师在内的十几位大师，商量了很久，在深思熟虑之下才最终决定公开这件秘密武器。"卡休斯解释道。

对于哈克恩魔法师，系密特感到一种莫名的敬意油然而生。他这个拥有着强大圣堂武士力量又不受到约束的人，自然最为清楚，那位悲天悯人的魔法师为什么要封闭自己的发现。

跟随着卡休斯，系密特来到另外一座帐篷。

这里同样显得极为宽敞，正中央放置着一个巨大的长桌，只不过地上放置着的是那些镶嵌了金属碎片的球壳，还有放置在木桶里面配制好的药剂。

除此之外，长桌上面还放置着一枚枚细长的菱形晶体，系密特甚至能够看到晶体里面包裹着一根根金属细丝。

工匠将两个半球体合在一起，只留下一个拇指大的圆孔，从那个圆孔之中注入调配好的泥浆一般的药剂，然后将一枚菱形晶体插入进去，一件武器便完成了。

长桌的旁边放置着一个个的木框，那些工匠极为小心地将一个个南瓜大小的圆球放进木框里面，并且塞满棉絮，令它无法滚动和摇晃。

看到工匠们如此小心谨慎，就连系密特自己也感到紧张万分，不过好奇心驱使他走到桌前，拿起了两枚神秘的菱形晶体。

这回换成那些魔法师和工匠们异常紧张起来，卡休斯连声说道："小心，小心，千万不要用力晃动晶体，更不要让两枚晶体发生碰撞，它们非常敏感，稍微剧烈一些的震动和碰撞都会

令它爆炸。

"说实在的，我并不认为这是一种成功的引爆装置，不过在还未曾找到有效的替代品之前，只能够用这件东西。"

为了将系密特的注意力从最危险的地方引开，卡休斯连忙说道："我是否告诉过你，我们将这种秘密武器命名为炸雷？现在，就让我带你参观一下，用来发射这些炸雷的装置，虽然有些简陋，不过它们全都非常有效。"

从顶上下来，还得经过一道道的楼梯，使用多个绞盘。魔法师们告诉系密特，这道山坡上早已布满了致命的陷阱，因此根本就无法通行。

下到地面，还没等到魔法师展示杰作，他们首先看到的便是系密特的马车。

对于这辆马车，魔法师们显然非常感兴趣，不过他们和骑兵们所感兴趣的地方不同，真正令他们感兴趣的是这辆马车的构造。

"这是你的马车？真是非常有趣的设计！我头一次看到一辆马车上面安装有如此众多的弹簧。不过我相信，安装上如此众多弹簧的马车肯定会比普通马车平稳许多。

"实在没有比这辆马车更加适合用来搬运炸雷的工具了。我们也应该制造几辆这样的马车。"卡休斯一边抚摸着马车一边说道。

"如果这辆马车能够对你们有所帮助，我感到非常高兴。"系密特说道，"我惟一希望的便是各位别把我的马车给拆了。"

将这辆马车看了又看，好不容易魔法师们才想起自己原本打算干些什么。

其中的一位魔法师朝着旁边如同小山一般的散碎岩石走去，团长和赛汶都感到有些莫名其妙，只有系密特仿佛猜到了什么。

只见那个魔法师站立在一块扁平的岩石上，用极为悠长的声音吟诵着神秘的咒文，当他缓缓展开手臂的时候，只见前方那堆碎石突然间消失得无影无踪。

事实上，整个悬崖底下，除了正中央靠近那条通道的地方堆着一些碎石之外，其他地方根本就是一片平坦的场地。

这对于魔法师来说只是不起眼的小把戏，却令两位骑士目瞪口呆。

在这片广场上放置着两座抛石机，或许是因为投掷秘密武器用不着太大的力量，这两座抛石机显得有些单薄和纤细，不过射程毕竟是至关紧要的要点，因此，那条长长的投掷臂丝毫没有因为整体的纤细而显得短小。

"为什么不给它们安上轮子？我相信，如果这些抛石机能够方便地移动到最合适的攻击阵地，会更为有用。"旁边始终一言不发的团长突然间问道。

"我们不是没有考虑过。如果想要给投石机安上轮子，只能建造规模较小的抛石机，一来因为轮轴能够支撑的重量十分有限，二来抛石机的重心往往很高，轮子会令投石机前后摇晃，甚至倾侧翻倒。

"除此之外，重心太高也令太大的抛石机移动缓慢，这样一来反而没有了任何意义，甚至不如拆卸下来重新安装来得容易和简单。

"至于太小型的抛石机威力就显得有限，要知道，抛石机最重要的莫过于它的射程。"卡休斯摇了摇头说道。

"为什么不给抛石机安上一个能够迅速固定好的基座？让基

座来承受巨大的压力，而并非是轮子完成这项工作？

"至于重心太高和移动不方便，只需要加大底下的底座，并且选用半径较大的车轮就可以了，就像我的那辆马车，它拥有一副巨大的车轮，几乎能够通过任何沟壑和山坡。"系密特信口说道。

"没错，没错，我们为什么不曾想到？"卡休斯立刻兴奋地说道。而其他的魔法师同样连连点头。

看到众人这副模样，系密特突然间感到浑身无力，这令他想起当初他回到自己的家中甚至受到仆人们怀疑的景象。

时间没有经过太久，他的智慧也没有增加多少，但是他所说的话却变得有力许多。现在想来，惟一变化的便是他的地位和声望而已。

10 新的魔族

在驻地的不远处有一片枫叶林，这片枫叶林并不茂密，林间的草地异常平整。

在系密特的记忆中，这片人工种植的树林是来这里度假的人最喜欢逗留的地方之一。

但是现在，原本平坦整齐的林间草地上竖立着几根木桩，木桩上面钉着标有名字的铜牌。

无论是卡休斯还是伽马男爵和赛汶，所有人进入树林的时候都保持沉默，这是对于死者应有的尊重。

在他们的身后还跟随着一队士兵，此刻士兵手里并非握着武器，而是用来挖掘泥土的铁锹和铲子。

走在队伍最前方的是一位神职人员，他是团里惟一的牧师。而此时，他的职责便是安抚即将被惊动的死者灵魂。

站在两座坟墓前面，牧师吟诵起父神的赞美诗篇，没有一个人发出任何声息。

往墓碑和附近的草地上倾洒了一些圣水后，牧师朝众人点了点头。

士兵们围拢成一圈小心翼翼地挖掘起来。

　　不一会儿，底下传来了空洞的声音，一个士兵用铲子轻轻地拨了两下，只见一具黑漆棺材露了出来。棺材旁边的铁环已经锈蚀，这是因为班莫的土壤过于湿润的原因。

　　士兵们一起用力将棺材从土里挖了出来，放在一边。然后开始挖掘另外一具。

　　两具棺材并排放在一起，牧师在一旁点燃熏香。一方面是为了让死者的灵魂不受到太大的骚扰，另外一个原因也是为了让腐烂的尸体臭味不至于令人难以忍受。

　　作为这里的最高长官，伽马男爵小心翼翼地揭开了棺材的盖子。

　　尽管众人事先已有足够的心理准备，不过当棺材的盖子被揭开的时候，众人的感觉仍旧非常糟糕。

　　系密特不由自主地从口袋里掏出手帕，捂住鼻子和嘴巴。这倒并不是因为气味难闻的原因，这些熏香非常有用，他之所以这样完全是习惯的缘故。

　　系密特没有注意到，只有他和魔法师这样做，而其他人则显得异常平静，毕竟这些军人早已看惯了同样的景象。

　　正因为如此，这些士兵们的眼神之中微微透露出一丝轻慢和嘲讽。

　　系密特硬着头皮仔细查看着尸体上面的伤口。

　　尸体已有些腐烂，不过破开的伤口仍然非常清晰，而且腐烂之后露出了骨头，令伤口的细节暴露无疑。

　　其中一具尸体的伤口最为清晰明显。他左胸第五节肋骨的一小段断折开来，致命的武器同样也在后侧留下了一些痕迹，令背后的骨胳穿透裂开。

　　另外一具尸体的伤口有些奇特，他所受到的致命伤在腹部中央，不过在他的背后却开了两个大洞。

系密特虽然对于死亡并不陌生，不过他却并非熟悉致命创伤的专家。无论是作为一个少年猎手的记忆，还是他传承自圣堂武士大师们的思想之中，都不曾拥有这方面的知识。

不过系密特非常清楚，任何一位骑士都能够称得上是这方面的专家，因为一个骑士除了需要有高超的武技之外，还得是一个紧急救护的能手。

系密特立刻转过头来问道："伽马男爵，阁下是运用各种武器的专家，以你看来，这样的伤口是否是长枪或者细刺剑之类的武器造成的？"

伽马男爵摇了摇头说道："伤口腐烂得太厉害，因此很难做出准确的判断，不过这些折断的肋骨显然不是阁下所说的那些武器所造成的。

"长枪和细刺剑的击刺速度十分有限，但是力量却相对较大，而这段肋骨，显然是被一种极为迅疾的武器所折，更像是重型弩弓所发射的箭矢穿透之后留下的痕迹。

"不过，另外一具尸体上面的伤口，却令我感到疑惑不解。我怀疑这个伤口是穿透物在他体内折断之后留下的痕迹，但是我从来没有听说过箭矢会穿透人体之后折断，反倒是细刺剑有的时候会发生这种情形。"

团长所说的这番话令他自己越发迷惘。

不过系密特却从这番话中有所启迪，那些铁钉是他最方便有效的武器，因此系密特最为清楚，铁钉和箭矢比起来是多么不稳定。

他曾经以牛羊作为练习的目标，经常发现铁钉会在射入这些动物的身体之后发生翻滚。

"我知道有一种可能，会造成眼前所看到的伤痕。但愿我的猜测并不正确，要不然所有人恐怕都会遇上麻烦。"系密特说道。

说着他一翻手腕，六根细长的铁钉出现在他的手掌之中。

闪电般一甩手，随着一阵轻细的哒哒声，这六根铁钉整整齐齐地钉穿了前方的一棵枫树。

枫树的树干原本就不粗壮，而枝叶又过于茂密，轻轻地摇晃了两下，这棵不幸的枫树便缓缓地断折了下来。

看到这一幕，无论是士兵们还是伽马男爵都不得不承认，塔特尼斯家族的幼子确实有点本事，至少不是那些一无是处的世家纨袴子弟可以相比。

"如果可能的话，我希望能够到这两位士兵巡逻并遇难的现场察看一番，或许在那里能够找到进一步的线索。"系密特继续说道。

"这绝对没有问题，我会让他们俩所隶属的巡逻队密切配合你的行动。西格队长是第一个发现他们遇难的人，而且他是我们这里最熟悉四周地形的人，有他的协助，阁下的行动肯定会变得非常顺利。"伽马男爵爽快地回答道。

之所以会如此爽快，除了系密特手里那份国王陛下亲笔签署的授权书之外，系密特刚才显露的那手绝技肯定也是原因之一。

再次进入崇山峻岭令系密特有一种怀念的感觉，不过这里毕竟和奇斯拉特山脉完全不同。

如果说奇斯拉特山脉巍峨挺拔，充满刚毅险峻的壮丽之美的话，那么这里就是以层层叠叠、遮掩和错杂为特色。

这里的山岭并不高耸，落差只有数十米左右，对于看惯了高山大川的系密特来说，这些山头只能够被称为丘陵。

因为风雨侵蚀的缘故，也是因为这里的岩石构造松软的原因，岁月的流逝令这里沟壑纵横交错。

并不高耸的山岭上面覆盖着厚厚一层绿衣，拥挤在一起的树木茂密交织的树冠将每一寸土地都牢牢地掩盖了起来。

这样的环境巡逻骑兵们并不喜欢，不过系密特却有些欣喜，因为在他的记忆之中，这样的地方肯定隐藏着大量的动物。

虽然现在并没有什么心情去满足狩猎的爱好，系密特仍然对身处这种熟悉而亲切的环境感到高兴。

但是一路走来，系密特越来越感到奇怪，原本应该是鸟兽成群的山岭竟然显得过于寂静，寂静得有些不可思议。

山岭之中鸟雀野兽的数量出乎预料之外的稀少，特别是体形较大的动物根本就看不到。

正因为如此，每当休息的时候，系密特就孤身一人站立在突出的岩石上面朝远处眺望。

系密特从魔族那里得到的力量令他能够看清很远地方的东西，不过巡逻骑兵可并不知道这些，这令他们感到提心吊胆。

系密特根本就不管他这样做是否显得不可思议，事实上，最近这几天他始终有一种极为糟糕的感觉。

和往常一样，当众人在一座山坡上停下来休息的时候，系密特已孤身攀上了旁边一座山头，朝着四下搜寻着。突然间，他看到了远处的一片树林聚集着成群的苍蝇，这些苍蝇在那里飞来飞去。

数量如此众多的苍蝇聚集在一起有些诡异，森林里面拥有众多的野兽，有些捕食猎物，而有些以吃腐烂的尸体为生。因

此，这种地方不应该会有多少东西能够让如此众多的苍蝇聚集。

短暂的休息很快便结束了。

巡逻队朝着系密特刚才看到的那个地方搜索而去，虽然那个地方看上去很近，不过真的赶往那里颇花费了一些时间。

当太阳刚落下的时候，巡逻队终于到达那里，所有人看到了令人惊诧的一幕。

无数苍蝇笼罩在一片树林里面，看上去仿佛是一团黑色的迷雾。

在这团迷雾中央躺着好几具魔族的尸体，尸体已经腐烂，系密特甚至能够看到白色的蛆虫布满了尸体。

毫无疑问，这些魔族已成了苍蝇最喜欢的美食，同样也成为它们居住和生育后代的巢穴。

系密特并没有兴趣靠近尸体仔细检查。他远远地站在那里观看着，这些尸体大部分几乎被撕碎了。

系密特相信那绝对不会是苍蝇的杰作。

"这或许是肉食猛兽做的，山岭里面的虎豹经常将猎物撕碎吞噬。"旁边的一个士兵说道。

"不，绝对不可能，我相信我对于野兽的了解绝对不贫乏。在我记忆中，没有哪种野兽会将尸体撕扯成碎片却根本不吃。

"而且虎豹很少会将猎物撕碎，除非有几头虎豹在争夺食物，只有像狼这样的群居野兽会这样做。不过我不相信魔族会被狼群所击败。"系密特连连摇头说道。

突然间，他注意到有一具较为完整的尸体吊挂在树上。

"去找一根树杈，将那具尸体弄下来，或许它能够给予我们所需要的答案。"系密特指了指那里说道。

魔武士

4

骑兵们显然并不喜欢这个工作，不过他们也不敢违抗命令。

点燃了一些潮湿的树枝和枯草，用呛鼻的浓烟驱散了迷雾般的苍蝇，几个士兵拎着削下来的细长树枝，将那具魔族的尸体从树上捅了下来，并且拖拽到点燃的枯草堆旁边。

为首的巡逻队长检查了一下魔族尸体上的伤口。

过了好一会儿，他才缓缓说道："这些伤口，和米卡鲁他们身上的伤痕几乎一模一样。"

"噢，只不过它好像已被刺成了马蜂窝。"旁边的一个骑兵不以为然地说道。

系密特自己也能够看得出来，这具魔族尸体简直可以称得上千疮百孔，每一道伤口都和那两个不幸的士兵身上的伤口非常相似。

巡逻队长转过头来朝着系密特问道："阁下有什么打算？现在您是这里的指挥官，所有人都听从您的命令。"

虽然用"您"来称呼系密特，不过巡逻队长面对眼前这个比自己儿子大不了几岁的小男孩，心里实在难以拥有多少敬意。

"说说你的建议。"系密特简短地说道。

巡逻队长想了想说道："按照这具尸体的伤痕看来，杀死它们的恐怕是一支战斗小队，尽管现在还无法确认，那支队伍是由人类组成还是属于魔族。

"不过可以肯定，这绝对不是我们所能够抵挡的。如果是我，我肯定会选择立刻返回营地，向兵团长官报告我的发现。"

系密特皱紧眉头想了一会儿，说道："首先必须要声明一件事情，我并不打算强迫各位服从我。

"西格队长，无论在何时你都始终是指挥官，你的部下需要听取的是你的命令，在这件事情上我绝对不会逾越。

新的魔族

　　"对于我来说，你是我的向导，同时也是保镖。我会听从你的正确意见，不过有一个前提，那便是我拥有自己必须完成的使命。

　　"我需要继续前进，直到找到足够的线索，这件事情毫无疑问会有极大的危险性，不过那是我的职责。"

　　巡逻队长默默地点了点头说道："我佩服阁下的勇气，看来阁下能够穿越奇斯拉特山脉成为一个传奇，并非没有道理。

　　"说到职责，我同样也拥有自己的职责，那便是保护阁下的安全。既然是这样，那么我别无选择，只能继续跟随你前进。

　　"不过，向团长禀报这里的情况仍是非常有必要的，德鲁，这项任务就交给你完成。"

　　进一步的搜寻仍旧在继续着，只是巡逻队已少了一人。

　　对于系密特来说，他原本就不在乎，因为他非常清楚，多一个人也未必能够帮得上他的忙，毕竟隐藏在前方的是可怕的魔族。

　　自从找到了线索之后，搜寻的工作变得容易起来，系密特已知道自己应该注意些什么。

　　正因为掌握了窍门，在两天时间里他们找到不少魔族的尸体。

　　系密特对于搜寻的效率越来越高感到有些惊讶，不过当他看到西格队长一直在记录着的那本笔记之后，总算知道这到底是为什么。

　　他也终于明白，为什么当初团长大人会告诉自己，这位队长是他最信赖也是最得力的部下之一。

　　系密特有些庆幸他拥有一位不错的向导。

西格队长的笔记里面详详细细地记录着，曾经遇到过魔族尸体的位置，同样也记录着它们腐烂的程度。

从地图上面隐隐约约可以看到，有一条线路显露在那里，此刻他们正沿着这条路线行进。

"按照这些尸体完整的程度，显然能够看到一条路线，如果我的猜测没有错误的话，按照我所画出来的范围搜索，可能会有所发现。

"不过平心而论，我宁可一无所获，这个疯狂的任务会令我们丧命。"西格队长面无表情地说道。

事实上，他始终在怀疑继续这个疯狂的任务是否真的有意义，毕竟没有人会愿意在森林里面跟踪、搜寻一支魔族队伍，这几乎和送死没有什么不同。

"我说过许多次，这是我的职责，而你完全可以自行选择，你已给予了我许多帮助。"系密特缓缓说道。

"没有什么可说的，还是那句话，我同样也拥有我自己的职责，就让我们继续前进，但愿幸运之神自始至终和我们同行。"西格只得点了点头说道。

他甚至有些后悔，为什么自己如此固执，也许将这个不知好歹的贵族少爷一个人扔在森林里面是最好的选择。

继续往前搜寻，大约往前走了两个多小时的时间，突然间前方传来了一位士兵的惊叫声："看，那里有一具尸体！"

"这具尸体恐怕是我们所看到的最新鲜的一具，看，这是什么？"另外一个士兵所说的话立刻令系密特精神大振。

所有人都加快脚步，朝着那两个士兵的方向靠拢过去。

只见那里躺着一具魔族的尸体。

和以往所看到的那些魔族尸体完全不同的是，这具尸体根

本就没有腐烂的迹象，甚至连血迹也未曾干涸，显然是刚刚死去不久。

最令系密特感到兴奋的，莫过于其中的几个伤口上面插着的血红色晶体。

系密特不知道血红的颜色是这种晶体原本的颜色，还是因为它们吸满鲜血所致，不过他至少知道了一件事情。

那便是为什么一直以来他们都未曾发现那致命的武器——这些奇特的结晶体，显然全都会迅速融化。

"毫无疑问，这就是我们一直在寻找的凶器。真是没有想到，这东西吸收了血液之后竟然会融化。"旁边的巡逻队长皱紧了眉头说道。

系密特摇了摇头说道："不，或许用分解来形容更加合适。大自然中有许多种晶体会吸收空气中的水分，并且潮解。但是，我从来没有看到过这种样子的晶体。"

西格说道："血水还未曾全部渗入泥土，也没有完全凝固，看样子，我们一直寻找的目标，就在附近不远的地方。"

系密特点了点头："从现在开始，最重要的事情便是仔细观察，我不希望任何人因为我的使命而受到伤害。

"有可能的话，我仍然希望能够得到一个标本，这能够让很多人在即将到来的下一场战役之中保住性命。"

巡逻队长不禁皱起了眉头，这样的慷慨陈词，他并非没有听到过。但是能够站在这种地方，面对着眼前这具魔族尸体说出刚才那番话的人，不是一个真正的勇士便是一个无可救药的疯子。

他犹豫了片刻，最终问道："在继续下一步行动之前，我想问一句，是否已拥有足够证据证明，我们一直搜寻的是某种全新的敌人？我相信，军队里面还没有人打算用某种晶体来取代铁制的箭头。"

系密特立刻回答道："我希望能够进一步观察。在没有看到新的魔族之前，我并不认为我已完成了自己的使命。作为巡逻兵，我相信你们非常清楚，准确的情报对于一场战役来说意味着什么。"

西格队长无可奈何地长叹了一声说道："我们只负责巡逻，侦察并非是我们的职责和使命。

"不过，既然你打算继续冒险，保护你的安全是团长赋予我的使命，虽然我从本意来说，更希望能够结束这一次的冒险任务，立刻返回向长官报告。"

说到这里，他转过头来，朝着仍然跟随在身边的那几个人说道："安托姆、米洛、卡撒布，你们三个人没有必要跟着我冒险。

"尽可能保全部下的生命，同样也是我作为长官的职责。你们已非常优秀地完成了使命，我派遣你们三个立刻返回营地，向团长报告我们的发现。"

那三个士兵虽然显得异常激动，不过他们同样也很清楚，再继续往前走，继续这无比疯狂的使命，他们毫无疑问将会丧失性命。

事实上，就连巡逻队长也确信，没有人能够完成这样的冒险，即便实力超群的圣堂武士和拥有着神奇力量的魔法师，在这种情况下也会选择撤退。

此刻他确实感到非常后悔，后悔自己为什么做出如此愚蠢的选择，这个世界上有一个小白痴已经足够，为什么还要增加他这样一个大笨蛋？

"非常高兴能够认识你，你是第二位令我敬佩的军人。"系密特突然间说道。

西格苦笑着摇了摇头："我是否有荣幸能够知道，第一位让您看重的军人是哪一位？"

系密特说道："阿得维爵士，翻越奇斯拉特山脉骑兵团的指挥官，一位和你一样勇敢而又优秀的军官。

西格用异常坚硬的神情笑了笑，说道："我同样也想要告诉你，你是贵族之中少有的几个让我敬佩的人物，虽然你看上去那么小，不过你的勇气和你对于使命的坚持值得钦佩。"

系密特伸出了右手说道："很高兴，我们能够坦诚相待，这或许能够令我们安全完成任务。我需要你的帮助，同样也希望你能够为我保守一些秘密。"

西格并没有理会系密特的好意，他淡然地说道："我并非多嘴的人，如果你希望的话，我也可以发誓。"

系密特笑了笑，缩回手说道："不必了，我只需要相互之间的信任。"

傍晚时分，阳光渐渐退出茂密的丛林，两个勇敢的冒险者进入一片谷地。

突然间，远处传来一阵声嘶力竭的惨叫声，立刻引起他们的注意。

两个人飞快地朝前奔去，惨叫声来自谷地的正中央，远处已经能够看到闪烁游移的身影。

小心翼翼地慢慢接近这个战场，系密特和巡逻队长找到一块巨大的岩石，他们趴在岩石后面。

眼前所看到的这一幕，令两个人感到震惊。

只见一队魔族正在围捕六个魔族士兵，围捕者中大部分由魔族士兵组成，不过眼前的这些魔族士兵是那些较为稀少、比普通魔族士兵强悍的类型。

但是系密特仍然感到，这些魔族士兵和他曾经看到过的那些强悍魔族士兵有些不同。

它们头上的长角更长也更为尖锐，而身上那如同铠甲一般突起的表皮也显得更为厚实。

除了这些显得更为强悍的魔族士兵之外，还有几个样子极为特殊的魔族，这些魔族正是他从波索鲁魔法师所幻化出来的景象里面看到的种类。

而受到围捕的魔族士兵则显得非常普通，这两天以来，系密特一直在猜测，它们或许是上一次战争的残余士兵，

这根本就称不上是一场战斗，或许用屠杀来形容更为合适。

这些曾经在第一次战役之中令军人胆战心寒的魔族士兵，此刻仿佛是待宰的羔羊。

它们的爪子根本就无法穿透那些更为强大的同类，它们曾经令人类感到骇异的强韧生命力，在这些更为强大的魔族士兵的面前显得如此脆弱。

甚至没有看到这些新种类的魔族出手，上一次大战的漏网之鱼已经变成一片片的散碎肉块。

屠杀以一方的彻底胜利结束。

西格对新魔族士兵的强悍感到无比恐惧。他实在无法想像，如果魔族再一次发起进攻，他们是否还能够像上次那样抵挡得住。

趁着夜色，他们潜入了魔族的营地，系密特发现魔族同样需要休息，不过魔族还没有发展出人类的战术，没有站岗放哨

的成员。

看着这些魔族远去的身影，过了好一会儿之后，西格才长长地出了口气，刚才他确实太害怕和紧张，甚至连呼吸都暂时忘记了。

"如果我没有猜错的话，你恐怕想要带走两具尸体。这些魔族确实和我们曾经战斗过的魔族完全不同。"

西格已渐渐熟悉身边这个小孩满脑子疯狂的念头，他淡然地接着说道："我相信你也非常清楚，即便能够杀死两个魔族，想要带着两具尸体安全逃离魔族的搜捕，几乎没有可能。

"除非你能够将这支小队全部歼灭。必须承认，我始终在猜测你可能拥有这样的实力。"

仿佛根本就没有注意到西格话里面揶揄的意思，系密特平静地说道："这次就由我单独行动，这也是我希望你能保守的秘密。"

根本就无视于西格满脸惊讶的神情，系密特开始收拾起自己身上携带的东西。

从背包里取出一副非常厚实的牛皮马甲，马甲上面布满口袋，又从背包里面掏出一包铁钉，系密特将这些铁钉每二十根一排，整整齐齐地插进口袋里面。

装满了铁钉，这件奇特的牛皮马甲看上去仿佛是一件特殊的皮铠。

将背包扔给了旁边呆立着的西格，系密特除了身上穿着的马甲，就只剩下腰际悬挂的两柄弯刀。

跟随在这支魔族队伍的后面，系密特小心翼翼地往前移动。令他感到意外的是，巡逻队长居然始终跟随在他身后不远处。

看了一眼变得越来越阴暗的天色，树林里面已经漆黑一片，系密特小心翼翼地将两柄弯刀调换到背后的位置，虽然这样影响他运用双刀，不过却令他的行动变得更加容易。

此时，系密特有信心能够将这些魔族轻易歼灭，他从那个垂死的魔族那里得到的力量，令他无论在夜晚还是白天，都可以清楚地看到东西。

系密特确信，这些魔族并不具备他所拥有的这种能力，要不然，即便他和西格躲藏在岩石后面仍旧会被发现。

魔族的眼睛显然能够看透除了水之外的一切，这件事情系密特在奇斯拉特山脉的时候已深有体会。

飞掠过前面的那片树林，系密特看到了他的目标。

这些魔族士兵正在休息，黑夜限制了它们的行动，除此之外，这些魔族也并非是不知疲倦的机器。

系密特早已选定了首先要对付的目标，惟一令他感到遗憾的是，这些新类型的魔族全都分散在四周。

如果不是在一片树林里面，对于系密特来说，这根本就不算什么，但是茂密的树木成了最麻烦的障碍物。

从胸前的口袋里面抽出四根铁钉，系密特一挥手臂，将这些最致命的暗器发射了出去。

除了其中的一根长钉非常不幸地被树枝阻挡而转变了方向，其他的那几根全都命中了目标。

一个新的魔族几乎没有发出丝毫声息便丧失了性命；而另外一个魔族，因为侥幸只有一根长钉击中了要害，因此还在那里挣扎。

挣扎和惨叫声，使得旁边正在休息的这些魔族全都惊醒过来。

　　系密特原本并没有把这些魔族当做一回事，毕竟再强悍的敌人，如果看不见东西也不会有多危险。

　　又抽出两根长钉，系密特用脚尖在前方的树干上轻轻一点，身体如同弹弓发射而出的弹丸一般飞越而起。

　　一声惨叫过后，又是一头魔族倒在地上，不过系密特根本没有心思欣赏他刚才的杰作，因为他突然间感到一丝莫名的恐慌。

　　就在他腾空而起的一瞬间，系密特感到天空之中仿佛有一双无形的眼睛朝这里扫视了一眼。

　　这种感觉，绝对不是以往遭遇那些魔族的眼睛时可以比拟，这双无形的眼睛仿佛笼罩住整个天空，又仿佛是某位身处于天堂界界的神明突然间睁开了眼睛。

　　这种感觉是如此诡异，但是系密特却偏偏有种非常奇怪的印象，好像他曾经被同样的一双眼睛注视过。

　　最令他骇异的是，他越来越感到这种感觉有些熟悉。

　　突然间，一阵沙沙乱响声将系密特从失神恍惚的状态中惊醒。

　　紧随其后的是一阵更为嘈杂的声响，噼里啪啦树枝断折的声音，哒哒哒如同箭矢钉入木板中一般的声响，不过更多的是那嗖嗖的破空声。

　　系密特能够感受到，无数迅疾如同箭矢一般的东西朝着他电射而来。

　　将身子往下一沉，系密特猛地一蹬旁边的一棵大树，在局势未曾明朗之前，暂时远离危险是最正确的选择。

　　一连串钉穿木板的声音响起，如同雨点一般密集，系密特只感到浑身冷汗，他绝对没有想到，这些新种类魔族发射"箭

矢"的速度竟然会如此迅疾。

　　他实在难以想像，除了圣堂武士，有谁可以在如此猛烈的攻击之下幸存下来，更何况，此刻只有数量极为有限的几个魔族。

　　如果等到魔族再次发起攻击，如果有成百上千个魔族发射如此迅疾的"箭矢"，当这种足以毁灭一切的箭雨洒落在地面上，又有谁能够抵挡得住这样的攻势？

　　系密特越想越感到恐慌，突然间一阵劲风从他耳边刮过，紧随其后的，是一声沉闷的钉穿木头的声音和一连串清脆悦耳的晶体碎裂声。

　　在黑暗中，系密特仍旧可以看到，一根细长而又尖锐的尖刺，深深钉在前面的树干上。

　　系密特信手将那根细刺拔了下来，如果加上那段断折掉落到地上的半截，这根细刺恐怕有两尺多长。

　　飞快地窜到这棵大树后面，系密特才感到自己稍微安全一些，茂密的树林令他感到困惑和烦恼，同样也令他的敌人难以发挥优势。

　　系密特轻轻抚摸着这根尖利的细刺，这根东西，像是以往曾经见到过的岩盐。

　　突然间，一阵嘈杂的脚步声引起他的注意，系密特朝着两边张望了两眼，令他稍稍感到放心的是，这一次摸上来的是那些魔族士兵。

　　对于这种敌人，系密特并不感到惧怕，他从背后抽出了一把弯刀。

　　甩手把长钉朝着左面包抄上来的魔族飞射而去，强悍如同弩弓一般的力量，原本就是系密特为了对付魔族而祈求来的。

新的魔族

　　正如系密特所希望的那样，飞奔在最前方的几个魔族士兵立刻翻身栽倒在地。

　　又接连掷出两把长钉，能够奔到系密特面前的魔族根本就没有几个。

　　左手的弯刀闪电般地划出一道道亮丽的弧线，这柄刚刚锻造成功的武器终于痛饮了魔族的鲜血。

　　剩下的魔族显然已经知道，眼前的敌人并非是它们能够依靠近战击败的，因此那些魔族士兵再也没有冲上来送死。

　　令系密特感到郁闷的是，这些魔族士兵居然守护在他最希望能够尽快杀死的新种类魔族的身旁。

　　这些魔族仿佛突然间拥有了智慧一般，小心翼翼地从两边夹逼过来。

　　系密特相信，魔族一旦绕过背后那棵大树的阻挡，雨点一般的箭矢肯定会朝他射来。

　　看了一眼缓缓靠近过来的两队魔族，系密特突然间想到了一个极为冒险的做法。

　　他深吸了一口气，突然间从大树后面猛地窜了出去。

　　一把把的长钉随着他不停挥舞着的右手飞射而出，而他的身体则几乎贴近地面，朝着那两队魔族正中央的位置疾射而去。

　　将手里的弯刀舞动成一个密不透风的圆球，系密特的身体平躺在地上。

　　两边阵阵惨叫声证明他的方法确实起到了作用，这些魔族毕竟不曾拥有和人类相似的智慧。

　　这些魔族的自相残杀令系密特得到了喘息之机，不过更令他感到庆幸的是，在一片漆黑之中他终于看到了那种新的魔族作战方式。

这种攻击方式和自己投掷铁钉简直一模一样。

不过，此刻这些魔族的攻击已变得越来越弱，嗖嗖破空的声音也渐渐变得稀疏。

从口袋里面又抽出一把长钉，系密特知道胜利已属于他。

就在这个时候，他感到那双始终在注视着他的无形眼睛，已缓缓闭上，不知道为什么，系密特仿佛感觉到，那双无形的眼睛透露出一丝满意的微笑。

仿佛刚才的那番表演，令那双无形眼睛的拥有者相当满意。

不过此刻，系密特根本就没有心思管这些，他轻轻地挥着手臂，将一根根致命的长钉射向仍旧在垂死挣扎的敌人。

清扫出一块空地，点燃一堆篝火，系密特四下搜寻了一番。

将一具魔族的尸体拖到篝火旁，不远处传来了一阵窸窸窣窣的脚步声。

系密特朝着那个方向看了一眼说道："你始终跟随在我的身后，这令我感到敬佩的同时也非常高兴，不过你实在有些冒险。"

"和你比起来，我的这些冒险又算得了什么？你确实令我大吃一惊，这是否便是你要我替你保守的秘密？"巡逻队长西格从树林里面转了出来，扫视了一眼四周的景象说道。

看了一眼四周密布的尖利细刺，西格倒抽了一口冷气说道："平心而论，我确实非常害怕，这些能够发射利刺的魔族绝对是最为可怕的敌人。

"我甚至有些担心，在不久的将来，在我们的阵地前面，面对这些可怕而又致命的敌人，我们之中有多少人能够存活下来？"

　　系密特不由自主地点了点头："现在我非常庆幸，我进行了最后这次冒险，如果不是这样的话，恐怕我们仍旧不会知道这种新魔族的强悍和可怕。

　　"但愿其他人能够找到对付这种新魔族的有效办法，要不然，我们将会遭遇到灭顶之灾。"

　　"你好像实在没有资格说这句话，你如此强悍，这些魔族全都被你轻而易举地尽数杀掉。

　　"你毫无疑问是个圣堂武士，不过你的体形非常奇怪，我所见到过的圣堂武士，全都拥有着令人震惊的强壮身躯。"西格摇了摇头说道。

　　系密特同样连连摇头说道："我不是圣堂武士，这是我首先要声明的一件事情。我希望你能够忘记刚才所看到的一切，这一次我需要你发誓。"

　　"我能够理解，非常庆幸你只是让我发誓，而并非将我杀掉灭口。

　　"同样我也非常高兴和你同行，我对于你的敬佩又增加了一分。"西格自然明白，系密特刚才所说的那番话到底是什么意思，他连忙回答道。

　　系密特微笑着说道："现在我们该返回营地了，我将会直接向陛下汇报你的功绩，你打算得到职位方面的晋升，还是获得勋章？"

　　"不如你帮我建议一下，对于这方面我并不擅长。"西格说道。

　　系密特稍微思索了一下，他已非当初那样天真而又懵懂，无论是格琳丝侯爵夫人还是伦涅丝小姐，都教会了他许多东西。

　　"如果你已有小孩，我会建议你领取勋章，因为慷慨的陛下十有八九会给予你爵士的称号，你的孩子将有机会接受骑士训练。"系密特建议道。

"好，就这样决定，没有想到我的家庭也能够走上光辉大道。"西格微微有些兴奋地说道。显然他从来没有想到会有这样的好事。

用树枝编织成一副拖架，所有这一切都是西格一个人动手完成。将两具魔族的尸体扔在拖架上面，两个人朝着山岭的边缘走去。

和来的时候不同，这一次返回不再需要绕远路，而且系密特也用不着刻意隐藏自己的实力，他甚至不在意让巡逻队长知道，自己能够在黑夜之中看见东西的秘密。

整整两个夜晚加上一个白天，一刻都不曾停留。

当第三天，黎明的阳光从茂密的树冠透射进来的时候，他们俩已行走在一条山间小道上。

惟一令系密特感到头痛的是，他没有办法阻止这两具魔族的尸体开始腐烂的迹象。卡休斯给他的那些药粉已全部用完，系密特感到身后渐渐传来一股隐隐约约的臭味。

突然间，脚下传来一阵震动的感觉，紧接着远处隐隐响起一阵马蹄声。

系密特并不知道到底发生了什么事情，不过他至少可以肯定，那绝对不会是魔族的队伍。

飞身跳上路旁的一棵大树，站立在高高的树冠顶部，系密特透过茂密的枝叶，看到远处的树林中浮起一片薄薄的尘埃。

突然间，他从树木的缝隙之中，看到了赛汶和伽马男爵的身影，显然这是前来接应的队伍。

　　更令他感到讶异的是，他还看到一辆飞驰而来的马车，驾驭这辆马车的人好像正是卡休斯。

　　系密特连忙发出了悠长而又洪亮的清啸声，为前来接应的队伍指点方向。

　　从树上飘然而下，系密特静静地等待着大队人马的到来。

　　当他看到赛汶和伽马男爵的身影出现在面前的时候，系密特不得不承认，自己的心中确实充满了欣喜。

　　同样，这些骑士们看到他们接应的人平安无事，而且还看到前面的拖架上面躺着两具魔族的尸体，每一个人同样欣喜万分。

　　"很高兴看到你平安无事，我钦佩你的勇气，这一次你又创造了奇迹。"伽马男爵笑着跳下马来说道。

　　"这原本就是我的使命，真正应该钦佩的是西格。"系密特说道。

　　伽马男爵转过头来，对巡逻队长说道："首先得祝贺你，西格，你能够平安归来，真是不容易。

　　"除此之外，我还得祝贺你，这一次的功绩肯定会令你获得晋升，塔特尼斯家族的成员一向慷慨大方，而且他们总是有许多办法。"

　　说到最后这番话的时候，团长大人多多少少有些开玩笑的意思。

　　"你们怎么会来到这里？"系密特忍不住问道。

　　"我们得到你们派遣回来的信使传来的消息，得知有一支魔族小队出现在这附近，因此非常担心你们的安危。"伽马男爵说道。

　　这番话令系密特感动。他非常清楚，当确知有魔族躲藏在

森林里面的时候，深入森林需要多么巨大的勇气。

"难道你们不担心会因此而丧命？这里实在太危险。"系密特问道。

"最近这几天，每当我想起身为军人的我所拥有的勇气，还及不上你的十分之一，就足够令我感到惭愧。"伽马男爵摇了摇头说道，"更何况，这一次我们还拥有强大无比的秘密武器，有卡休斯大师跟随在我们身旁，再加上我们已见识过这种秘密武器的威力，或许这同样也令我们增添了几分勇气。"

说到这里，所有的人都笑了起来，不过此刻确实是有微笑的理由。

《魔武士》未完待续……

华语玄幻世界极需您的参与，鲜网广征玄幻小说高手
请到www.myfreshnet.com开展玄幻写作的春天

网 友 酷 评

这集给我的感觉好像是幕间的表演——不是重点也不华丽，但是可以调整节奏及引出下面的剧情。里面的诡计有种一语惊醒梦中人的感觉，好啊！

——安八

魔族的新兵种出炉，具有更厚实的表皮和跟小系密特有得拼的射击距离和威力。而人类也发展出炸雷，加上隐形衣和盾牌。以战略游戏的角度来讲，双方都在躲起来搞科技发展啊！只是人类显然是用 WC3 的战法发展之余，还派英雄去扰乱对方的基地。

——chenjo

各位看到现在，难道没发觉现在这种文风才是把蓝晶的实力发挥得淋漓尽致的表现吗？维持现在这个方向继续走下去，阴谋斗争为主线至少不会落入过于沉闷的状况。各位，接受并欣赏这种文风吧！

——reay

很多人看到阴谋会觉得沉闷，我可是看得很爽、很舒服。看阴谋诡计便会感到沉重吗？大家不觉得布局很精彩，很有意思，很引人入胜吗？

——wangyt

虽然篮晶已经给予少年的主角近乎神奇的力量，但是真正推动剧情的是布局与阴谋，个人的武力仅仅是作为工具。仔细体会一下作者的用心，会发现这部作品真正的精妙之所在。千万不要像吃快餐一样两个小时就看完了，过后除了个爽字根本不记得看了什么。这又有什么意思呢？

——Marquis

这次出的还挺快的，而且封面里的系密特超帅呀，这真是难得一见的封面。从介绍看的出来这一集应该是刀光剑影呀，好期待啊，我好想快点看！

——小锋子

我很喜欢蓝晶的作品，魔武士也是我一直观看的大作，但对于这本小说，有小小的意见想提出：

1. 主角能力提升过快的问题。主角年纪轻轻就有了非凡的能力，对于之后的发展是否会造成影响？会不会造成很快就无敌于当世，故事难以接续？
2. 主角能力很强，会不会遭当权者忌讳，有兔死狗烹的危机？
3. 主角会不会开宗立派，建立自己的势力，还是默默无名，当个小卒？

不知道蓝晶对故事之后的安排是否已有了腹案，只希望不要有虎头蛇尾的缺憾，让魔武士能成为另一本让我完整收藏的大作。

——文痴

刚开始不知道谁是蓝晶，不过一看写作的风格就知道是 gotohu 了。特别是其对场景描写的细致程度，和对人物内心的刻画还是那么的精细和深刻！这就是蓝晶的书，我所喜欢的书。

——风云第一炮

感觉上《魔武士》要比蓝晶的前作《魔法学徒》更加细腻，内容也更加有趣。无论如何，《魔法学徒》、《魔盗》、《魔武士》都是我看过最好的玄幻小说，支持蓝晶，加油啊！！！

——神魔猎人

有奖征集玄幻系列书评

几千万网迷喜爱推崇，翘首以待的原创玄幻系列由英特颂倾情打造，现已新鲜上市！！

非常感谢您的关注！

您可以把您对本系列书的任何精彩评论和宝贵意见以信件或 E-mail 的形式发给我们，长短不限，形式不拘。

如果您的评论足够精彩，我们将收录到系列书末。届时，我们还会把印有您精彩评论的英特颂玄幻系列丛书送到您的手上，作为奖励。

感谢您支持英特颂玄幻系列！
期待您的继续关注！

我们的地址：上海市局门路 427 号 B 座 5 楼
　　　　　　英特颂玄幻俱乐部
邮政编码：200023
我们的 E-mail：tianmaxingkong2005@citiz. net

英特颂玄幻俱乐部会员调查表

个人资料：

姓名：＿＿＿＿＿＿ 性别：□男 □女

出生日期：＿＿＿＿年 ＿＿＿月 ＿＿＿日

身份证号码：＿＿＿＿＿＿＿＿＿＿＿＿＿

职业：□学生 □办公室白领 □自由职业者 □其他＿＿＿＿＿

调查问卷：

你购买的书名：《魔武士④新的魔族》

1. 你从什么渠道得知英特颂玄幻系列丛书？
   □网络 □书店广告 □广播 □电视 □报刊 □亲友推荐
   □其他＿＿＿＿＿

2. 你最喜欢玄幻文学的什么特点？
   □超时空想像力 □时尚流行风格 □主人公个性魅力
   □惊险刺激情节 □最新兵器装备 □其他＿＿＿＿＿

3. 你觉得与科幻玄异文学相比，玄幻文学的亮点在哪里？
   □想像力更丰富 □科幻色彩更逼真 □人物个性更鲜活可爱
   □主角更加平民化 □更多游戏开发空间 □其他＿＿＿＿＿

4. 你选择阅读某本玄幻小说的依据是：
   □网站点击率排行 □网站或论坛推荐 □媒体介绍 □亲友推荐
   □作者 □情节 □人物 □文笔 □兵种或武器 □随意浏览
   □其他＿＿＿＿＿

5. 玄幻小说主人公留给你的最深印象是：
   □传奇经历 □幽默语言 □过人才干 □鲜明个性 □超好运气
   □其他＿＿＿＿＿

6. 如果《魔武士》被开发成游戏产品，你希望是什么种类：
   □手机游戏 □家用游戏（PS/Gameboy/Mbox） □电脑联机游戏
   □电脑单机游戏 □电脑网络游戏 □其他＿＿＿＿＿

7. 如果《魔武士》开发成玩偶产品，你最希望得到的是：
   □系密特 □塔特尼斯伯爵 □圣堂武士 □魔族士兵
   □格琳丝侯爵夫人 □其他＿＿＿＿＿

8. 你希望以什么方式参加英特颂玄幻俱乐部的互动？

　　□同人志大赛　□Cosplay大赛　□书评征集大赛　□其他_____

9. 你对本书以下方面满意度（满分5分）：

　　□故事情节_____　　□人物个性_____　　□作者文笔_____

　　□封面设计_____　　□内文版式_____

10. 你经常的购书方式有：

　　□书店　□网络邮购　□书市　□出版社邮购　□其他_____

11. 除玄幻小说以外，你平时喜欢阅读的书籍种类还有：

　　□文学　□动漫　□军事　□历史　□旅游　□艺术　□科学

　　□传记　□生活　□励志　□教育　□心理　□其他_____

联系方式：

　　电话：（办公）_____　（宅）_____　手机：_____

　　学校或家庭地址：_____　　邮编：_____

　　E-mail：_____　　QQ/MSN：_____

个人档案：

　　最常去的玄幻网站：_____

　　最喜欢的玄幻小说：_____

　　最喜欢的玄幻作家：_____

给我们的建议：_____

_____

_____

　　恭喜你！只要完整填写以上调查表并寄回上海英特颂图书有限公司，即可加入英特颂玄幻俱乐部！你可以15元/本的优惠价邮购《魔武士》及其他英特颂玄幻系列丛书，更可优先获得赠品和参加俱乐部会员活动！

　　邮购地址：上海市局门路427号B座5楼

　　　　　　　英特颂玄幻俱乐部

　　邮政编码：200023

　　E-mail：tianmaxingkong2005@citiz.net

　　注：请在汇款单附言栏内写明你要购买的书名、册号和册数，并按15元×册数的数目汇款。平邮免邮费，挂号每本另加挂号费3元。5册以上免收邮挂费。款到10个工作日内发书。